suncolor

suncolor

白川紺子 著／李彥樺 譯

後宮之烏

6 一界之隔

suncolor 三采文化

登場人物介紹

夏高峻 剛即位的年輕皇帝。希望與烏妃壽雪成為「摯友」。

柳壽雪 現任烏妃。能施展神奇祕法。離群而居的神祕人物。

衛青 對高峻忠心耿耿的宦官。

九九 壽雪的侍女。個性單純又有點雞婆。

溫螢 奉衛青之命保護壽雪的宦官。

淡海 壽雪的另一名護衛。

衣斯哈 相當年輕的宦官。來自西方的少數民族。

令狐之季 洪濤殿書院學士，前職是賀州觀察副使。

晚霞 鶴妃。天真無邪的少女。對壽雪懷抱好感。

朝陽 晚霞的父親。賀州權貴。來自卡卡密國的少數民族首領。

白雷 巫術師。新興宗教「八真教」的教祖。

隱娘 「八真教」的年輕巫女。

麗娘 前任烏妃。已過世。

薛魚泳 前任冬官。已過世。

董千里 現任冬官，壽雪的協助者。

花娘 高峻的尊師雲永德（宰相）的孫女。與高峻是青梅竹馬。

世界圖

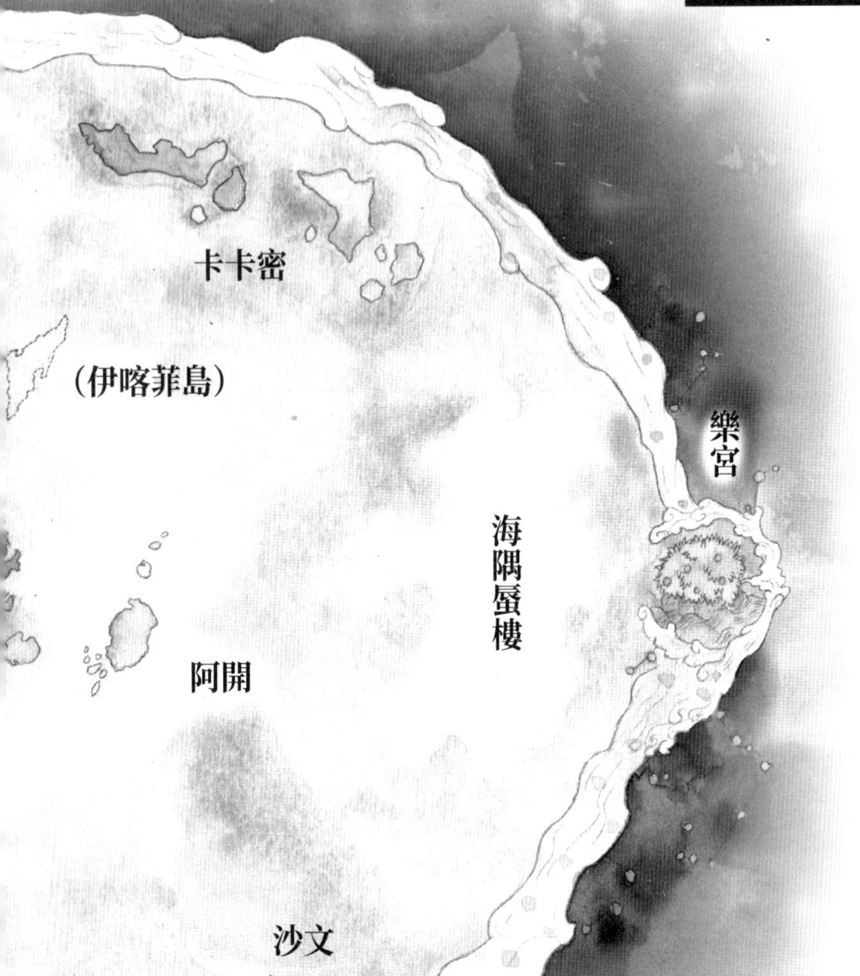

茲目哈
幽宮
霄
海隅蜃樓
花勒

霄國地圖

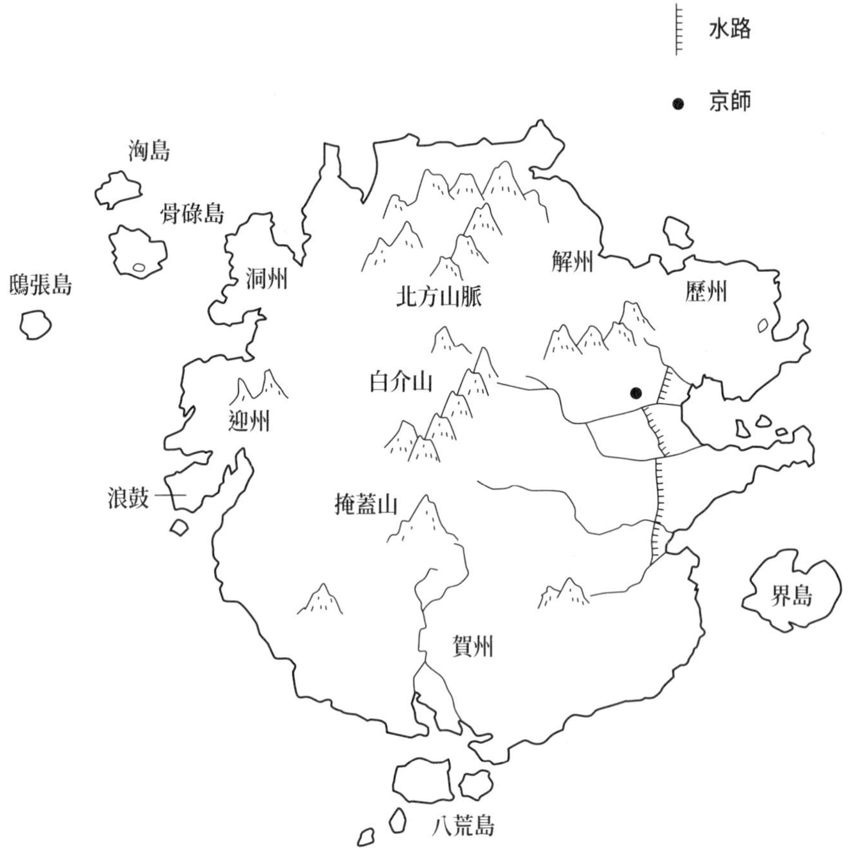

宮城內地圖

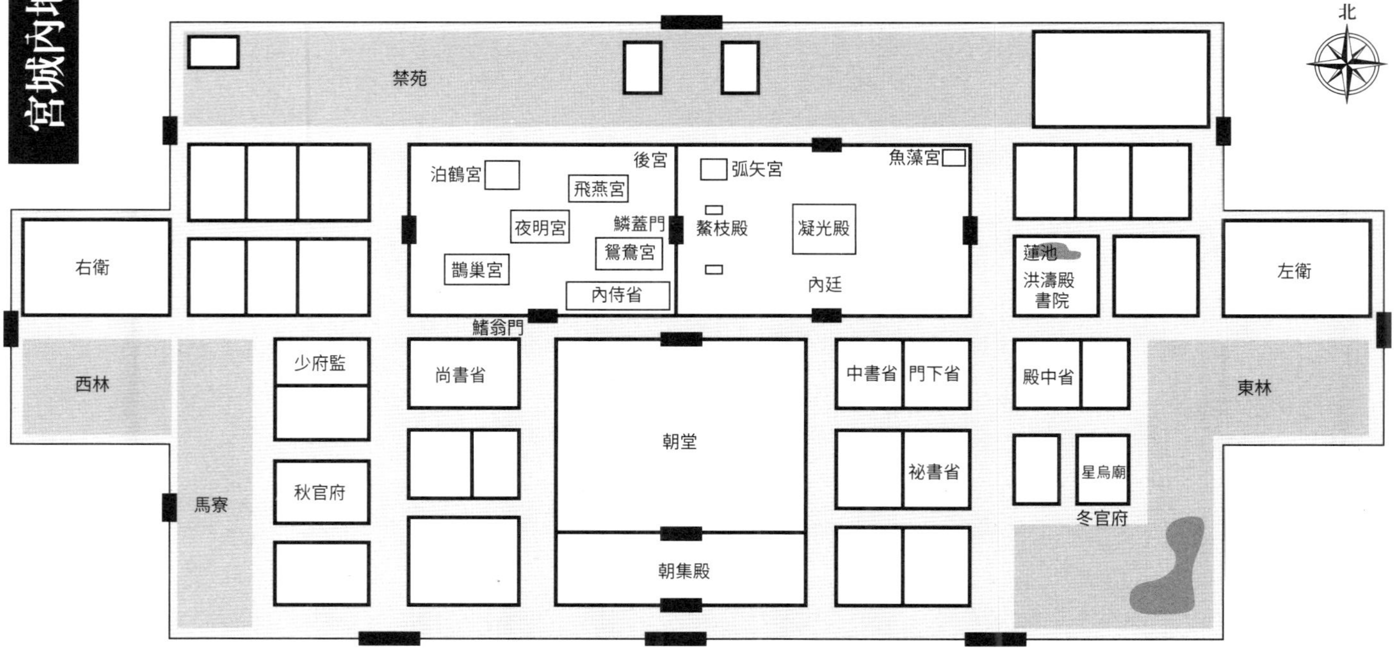

北
禁苑
泊鶴宮
後宮
飛燕宮
夜明宮
鱗蓋門
鵲巢宮
鴛鴦宮
內侍省
鰭翁門
弧矢宮
鰲枝殿
凝光殿
內廷
魚藻宮
右衛
左衛
蓮池
洪濤殿
書院
西林
少府監
尚書省
朝堂
中書省
門下省
殿中省
東林
秘書省
星烏廟
冬官府
秋官府
馬寮
朝集殿

目錄

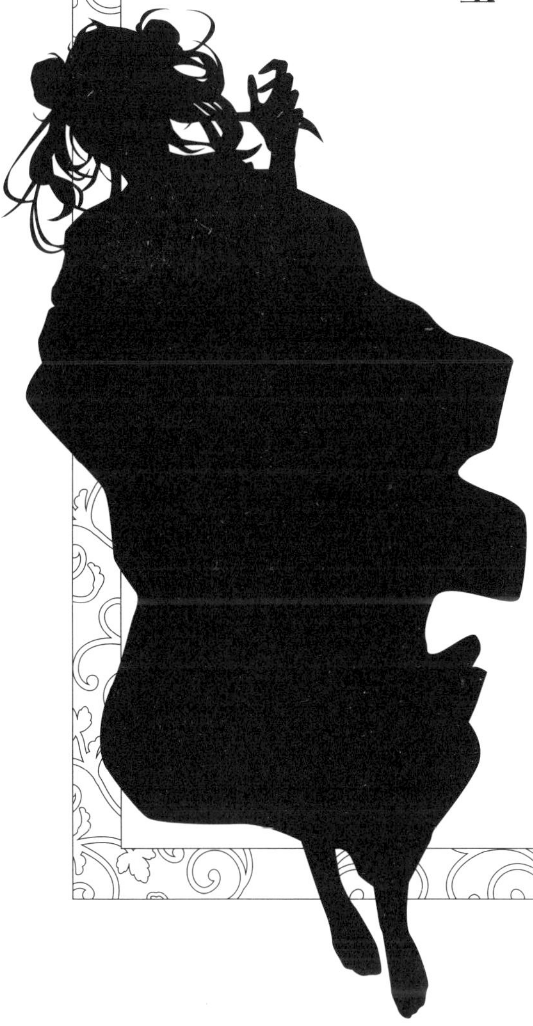

血緣

城門前一片死寂，宛若拂曉前的靜謐。

放眼望去盡是白骨與黑衣，浸泡在泥水之中。大雨濡濕了崩塌的城門，以及茫然若失的一道道人影。

水滴自高峻的下顎滑落。此刻他全身寒顫難止，卻絕非雨水之故。

高峻眼前站著一名黑衣少女。雨後的微弱曙光下，少女的銀色秀髮閃耀著銀沙一般的光輝。她正面對著高峻，視線卻沒有停留在他的臉上，而是凝視著高峻肩膀上的星烏。

高峻想要呼喚「壽雪」，卻是張口結舌，喉頭只能發出嘶啞之聲。

眼前少女僅徒具壽雪之形，卻無壽雪之心。

……烏！

到底發生了什麼事？壽雪是否平安？高峻的心頭彷彿正受著風雨吹襲。

不能有半分遲疑！一定要趕快想出對策！腦中彷彿有道聲音在吶喊著，他卻感覺全身僵立，眨眼也有困難。

身旁忽有清風拂動。

「溫螢！淡海！」

冰冷而鋒銳的呼喚聲傳入耳中。那是衛青的聲音。衛青朝壽雪身旁兩名宦官疾驅而去。

「速帶烏妃娘娘回夜明宮！」

溫螢、淡海各自眨了眨眼睛，回顧衛青，臉上帶著如夢初醒的表情。

「衛內常侍……但是……」溫螢望向壽雪。壽雪直視星烏，似乎不將溫螢等人放在眼裡，黯淡陽光投射在她的臉上，幾乎看不清她的面部神情。

驀然間，光線增強了數分。天上雲層漸散，探出白熾天光。壽雪秀眉微蹙，神情宛若畏懼光明。而後她口中呻吟，腳步虛浮，踉踉蹌蹌往後退卻了數步。

「娘娘！」

壽雪身形微晃，驀然撲地而倒。溫螢見狀快步上前，將其攙扶住。只見壽雪四肢疲軟無力，雙目緊閉，似乎已失去意識。

「快！」衛青似乎認為機不可失，高聲催促兩人。溫螢頷首，扛起壽雪，與淡海一同奔往後宮方向。金雞星星振翅緊追在後。

「我們不能曝曬在陽光下。」

站在肩上的星烏發出了梟的聲音。衛青退回高峻身旁，聽候他的進一步指示。高峻心中暗自鬆了口氣。

——幸好有衛青在側。

高峻感覺體內的血液重新恢復了流動，身體的僵硬感也逐漸消退。思緒在腦海中迅速輪轉。現在的當務之急，是設法化解眼下的危機。一切的假象都已瓦解，要如何向群眾說明當前的事態？

——壽雪的身分已難以隱瞞。

銀髮乃前朝皇族的象徵，而如今群眾已親眼目睹壽雪的銀髮。

周圍傳來陣陣喧鬧。那些白骨是怎麼回事？那名銀髮少女是什麼來頭？類似的吶喊聲此起彼落，轉眼之間呼聲四起，人馬喧騰。陸續有人從四面八方湧來，遠方還可看見軍官騎馬疾馳趕來，鐵蹄在泥淖上翻飛。

高峻猛吸了一口氣。

「……傳令下去，要掌儀冬官與監門衛將軍回報現況。」

高峻直視前方，朝衛青下令。自己的身分是皇帝，告知現況並不是自己的責任。如果由自己先開口解釋，反而容易引來疑竇。上位者的說明，沒有辦法真正服眾。

「昭告百姓，就說壽雪是侍奉烏漣娘娘的巫覡，除此之外什麼也別說。」

衛青接獲旨意，快步離去。高峻接著向護衛侍官們下令「回內廷」，迅速轉身邁步。

趕回夜明宮的路上，淡海朝奔在身旁的溫螢瞥了一眼。只見溫螢臉色慘白，雙唇緊閉，一句話也沒說。接著他又將視線移向溫螢懷裡的壽雪，後者完全沒有醒轉的跡象，臉上毫無血色，手腳癱軟下垂，不禁令人擔心她是否還活著。但若仔細察看，會發現她的眼皮不時微顫，胸口也微微起伏。

——真沒想到……

垂掛在溫螢手臂上的銀色長髮，正不住搖曳。那實在是非常美麗的頭髮……雖然美，卻有著禁忌之色。

——原來娘娘竟是欒家後裔？

對比淡海的震驚，溫螢臉上並無驚疑之色，似乎早已知悉此事。

——此事將來必然招致禍端，但這還不是眼下的問題。

壽雪怎麼了？在失去意識之前，她簡直像是變了一個人。

「娘娘到底發生了什麼事？」淡海朝溫螢問道。

溫螢沒有應話，就連瞧也沒有瞧他一眼。顯然此刻也是毫無頭緒。

一抵達夜明宮，便看見九九在殿舍前繞著圈子。九九望見溫螢抱著壽雪奔回，驚愕得瞪大了眼睛。

「娘娘怎麼了？她受傷了嗎……？」

看九九的神情，她似乎完全不在意壽雪的髮色。難道她也知道這件事？淡海不禁感到有些意外，但轉念又想，九九是壽雪的貼身侍女，知道此事也是合情合理。

「只是暫時昏厥。」

溫螢只丟下這句話，便快步進入殿舍。他的聲音帶著三分疲意。將壽雪放在床上後，溫螢目不轉睛地凝視壽雪，臉上滿是憂愁之色。溫螢向來是個遇上天大的事情也能臨危不亂的人，淡海見了他此時的神情，心中也惴惴不安。

此時九九走了進來，聲稱要為娘娘換掉濕衣，將溫螢及淡海都趕出帳外。

「到底發生了什麼事？我只知道後宮外頭吵鬧不休，花娘娘……鴦妃下令，妃嬪宮人各自歸宮，不得擅自外出。」

鴦妃下這樣的指令，多半是為了避免徒增混亂。難怪返回夜明宮的沿路一片安靜，沒有撞見任何人。宮外的混亂狀況要是傳入宮內，整個後宮大概也會亂成一團吧。

「鴦妃果然聰明。宮人們得知外頭有屍骸作亂，還不逃之夭夭？」

「屍骸？」

淡海懶得向九九說明原委，轉頭朝溫螢一瞥，卻見溫螢低頭不語，彷彿完全沒有聽見兩人的對話。淡海迫於無奈，只好說道：

「儀式大概是成功了，但後來城門塌了……」

該如何形容當時那幅景象呢？起初只見一大片黑色的浪潮如排山倒海般湧來，半晌後才驚覺那是無數身穿黑衣的白骨。到了近處一看，那些白骨竟然逐漸恢復生前的外貌。那景象實在令人難以置信。

「禁苑中有烏妃塚。」

溫螢淡淡地說道。

「為了殺死打破結界的娘娘，那些烏妃屍骸都從塚內爬了出來。」

「殺死娘娘？」

九九驚聲大叫。

「娘娘昏厥，是因為遇襲的關係？但是……有你們兩位跟在身邊，一定能保得娘娘平安吧？何況她身上看起來沒有受傷。」

溫螢一臉苦澀地說道：

「並非平安無事。」

「咦？但你剛剛說，只是暫時昏厥。」

「我什麼忙也沒幫上……是我沒有保護好娘娘。」

溫螢只勉強擠出了這句話。他緊握雙拳，手臂微微顫動。淡海也同樣感覺自己沒有盡到護衛的職責。在那危急之際，淡海及溫螢完全沒有幫上忙，反而是壽雪保護了他們兩人。

九九拉開帳簾，不安地望著淡海及溫螢。淡海則探頭望向床鋪。只見壽雪已換上了睡衣，正躺在床上，臉色依然蒼白。

溫螢走了過去，跪在床邊，只是目不轉睛地看著壽雪。

九九朝溫螢輕瞥一眼，走出帳外，拉著淡海的袖口問道：

「你們在外頭到底遇上了什麼事？」

「妳別問，我也是一頭霧水。」淡海咬著牙說道。

或許是因為口氣過於嚴峻的關係，九九嚇得縮起了身子。

「……我也不曉得到底是怎麼了，真的。」淡海又說了一次。這次口氣和緩了，卻變得虛弱而無助。

九九似乎想要說話，最後卻什麼也沒說，只是轉頭望著床鋪。她大概是想要問壽雪會不會有事吧，然而心中卻也知道就算問了，淡海也給不出答案。

淡海感覺雙肩異常沉重，有如壓了重石，幾乎喘不過氣來。為了轉換心情，他環顧殿內，問道：

「對了，衣斯哈呢？他丟著星星不顧，跑到哪裡去了？」

「啊！」九九忽然焦急地大喊：「我差點忘了這件事！」

「什麼事？」

「星星突然飛了出去，衣斯哈急忙出殿外尋找，到現在還沒有回來……啊，星星！你怎麼在這裡？」

九九這才看見坐在花毯上休息的星星，走到牠身邊蹲了下來。

「衣斯哈沒有回來……？星星是找娘娘去了，衣斯哈該不會是在哪裡迷了路吧？」

所幸後宮的宮門皆有衛士守著，衣斯哈再怎麼迷路，應該也仍是在後宮之內。

「紅翹姊正在附近尋找，我也正打算要出去找的時候，你們就回來了。」

紅翹是夜明宮的宮女。

「好，那我也出去繞一繞。他既然是出去找星星，應該是往西邊的方向？」

壽雪負責的城門在宮城的西北方。沒想到九九卻搖頭說道：

「不，是往東邊去了。當時星星忽然衝出殿舍，張開翅膀飛往東方。」

「東方？那不是內廷的方向嗎？那與娘娘所在的方向完全相反。」

「是真的，我也不知道是怎麼回事。」九九不滿地說道。

淡海心想，九九總不可能搞錯東西方向。這麼說來，星星是先飛往了東方，接著才改變方向，往壽雪所在的西方飛去？

「好吧，那我先往東找找看。」

繼續在這裡說下去，也是無濟於事，淡海於是走出了殿舍。出夜明宮後往東直行，便是皇帝居住的內廷。往北是飛燕宮，往南是鴛鴦宮。淡海先在飛燕宮至鴛鴦宮一帶繞了一圈，沒有看見衣斯哈的身影。問了路上的宦官與宮女，也沒有人知道衣斯哈的下落。

淡海心裡倒也不緊張。衣斯哈又不是昨天才進夜明宮，何況後宮也不過就這麼大的地方，就算置之不理，過一會兒他應該會自己回來。淡海原本這麼認為，但這天到了接近傍晚的時候，衣斯哈還是沒有回來。

就在夕陽完全西下，夜幕籠罩宮城的時候，壽雪終於醒了。

但醒來的壽雪，依然不是壽雪。

「烏醒了。」內廷的一室內，梟對著高峻說道。

高峻正坐在榻上，發出梟聲的星烏則站在小几上。

「醒了？」

高峻旋即問道。

「烏妃之心遭逐出體外，不知何往。原本困於體內的烏，取代了烏妃的意識。」

「遭逐出體外……是受香薔之術所致？」

「以結果來看，可以這麼說。該禁術的唯一目的，是殺死打破結界的烏妃。烏妃雖然沒死，但是……」

但是烏妃的心卻遭到驅逐。

「……烏妃之心去了何處？」

「不清楚。」

「如何使其返回體內？」

「不清楚。」

梟重複了同一句話。高峻蹙眉低頭不語。看來事態比預期還要險惡。

「你為什麼變成了這副模樣？」

高峻又換了另一個問題。過去梟聲稱他被囚禁在牢內，兩人只能靠大海螺交談。後來有一陣子，高峻完全聽不到他的聲音，正有些掛心，沒想到就發生了今日之事。

「我受到了處罰。」

「處罰？」

「上頭發現我干涉人界後，下令將我流放至霄，我已經無法再回幽宮了。」

依照幽宮的律法，神祇不得干涉人界。當初梟遭打入天牢，正是因干涉人界獲罪。高峻心想，如今他再犯此禁，罪加一等，所以遭到了流放？

「跟烏一樣？」

梟的妹妹烏，當年也是遭到流放，才來到了霄國。

「但為何變成了這個樣子？」

高峻問道。雖然他並不清楚梟的本來模樣，但想來應該不會是星烏吧。

「我們並不具備像你們一樣的形體。除巫之外，無法交談。」

「巫……指的是巫覡嗎？例如烏妃？」

「沒錯。你的身上有我的印記，所以聽得見我的聲音。若使用人形使部，雖然可以和其他凡人交談，但那玩意兒需耗費大量體力，效用卻差，不如化作鳥形。」

「所以你選擇當一隻星烏？」

「沒錯，這個身體可以飛，使用起來方便多了。」

梟雖然遭受流放之刑，口氣聽來卻是全然不當一回事。

「我本來就認為遭流放也不錯。」

梟似乎看穿了高峻心中的疑惑，搶先一步開口說道。

「待在幽宮裡，什麼也做不了，連傳遞聲音也不容易，我早就厭煩了那種日子。」光從這幾句話，便可聽出梟有著拯救烏的強烈決心，就算為此遭受懲罰也在所不惜。

「……現在的狀況對烏來說，是好事還是壞事？」

梟沉默半晌後回答道：

「稱不上好，畢竟還是被關在殼內。不過至少有一個好處，那就是可以和烏交談……當然前提是她得願意交談才行。」

「你有辦法和她溝通嗎？」

烏不僅長年遭囚禁在烏妃體內，還持續被餵食毒花。

「她呼喚了我的名字。這代表至少她認得我，聽得見我的聲音。」

——既然如此，該怎麼做才能讓壽雪恢復心智，得向烏問個清楚才行。

就在高峻準備起身的時候，衛青走了進來。他為了傳達高峻的旨意而到處奔走，此時臉上帶著些許疲累之色。

衛青在高峻身邊跪下稟報：

「冬官及將軍都說一等查明原委，就會即刻回報。」

高峻點了點頭。今天到底發生了什麼事，高峻當然心知肚明，只是做做樣子而已。

「宮城內有何動靜？」

「圍觀群眾都已散去，稍微恢復了平靜。前烏妃們的大量骸骨也已回收，埋回塚中。」

香薔的禁術，令歷代烏妃骸骨襲擊壽雪。既然是歷代烏妃，麗娘當然也在其內。壽雪從小可說是由麗娘一手帶大，如今卻親眼目睹麗娘的骸骨遭人如此利用……

這就是壽雪精神崩潰的原因嗎？高峻回想起她伏在地上痛哭失聲的景象，心頭不禁為之糾結。當時實在應該立刻奔到她身邊才對。此刻高峻心中懊悔不已。雖然那不見得能改變任何事，但他還是認為自己應該那麼做。

——眼下能做的事不多，只能盡力而為。

「大家，另有一事要向您稟報。」

衛青的臉色突然變得嚴峻，且更增了三分疲意。

「什麼事？若是鰲枝殿屋頂崩塌之事，朕已知悉。」

當時高峻正要走向壽雪，卻驚見鰲枝殿的方向噴出水柱。不知是否因為這個緣故，鰲枝殿的屋頂坍了下來。他雖已接獲報告，但尚不知詳情。

「不是那件事，不過也脫不了關係……白雷與隱娘不知去向。」

「唔……」

白雷是打破香薔結界的協助者，隱娘則是為了控制其行動的人質，原本關在內廷的房間內。自從打破了結界，高峻早已將這兩人的事情拋諸腦後。

「趁亂逃走了嗎？」

「而且事態有些棘手。」

「事態棘手？」

「連衣斯哈也不見了。」

高峻皺眉問道：

「這又是怎麼回事？」

衛青轉頭望向身後說道：「當初負責看守隱娘的人，正在門外候命。」

高峻轉頭一看，門外有一名年幼的宦官，整個人拜伏在地。高峻也認得這年幼宦官，他叫玉兒，因為跟衣斯哈交好，經常被派往夜明宮辦事。

「你進來。」高峻吩咐道。

玉兒趕緊起身，走到衛青身後，又跪了下來。或許是因為隱娘逃走的關係，他早已嚇得臉無血色，不知如何是好。

「你告訴朕，發生了什麼事？」為了避免玉兒受到驚嚇，高峻盡可能使用溫和的口吻。事實上他本來就是個冷靜平穩的人，沒想到玉兒還是雙目含淚，彷彿淚水隨時會奪眶而出。

「小人罪該萬死，有辱重託。」玉兒直打著哆嗦。

「你不用擔心，這不是什麼大事。朕若真要阻止那女孩，自然會派武官守住門口。」隱娘的身分雖然是人質，但高峻並沒有料到她會逃走。當初白雷選擇與高峻、壽雪攜手合作，是因為不希望讓隱娘成為鼇神的牲祭。如今白雷已協助打破結界，卻反而帶著隱娘逃走，這樣的舉動實在令高峻百思不解。

直到聽完了玉兒的描述，高峻才恍然大悟。

玉兒結結巴巴地說出了他所目睹的事情始末。

「在儀式開始後不久……」

巨大的轟隆聲響，伴隨著地面隱隱震動，讓玉兒吃了一驚。那是城門崩塌的聲音，但此時的玉兒當然無從得知。

「怎麼回事？」與玉兒一同負責看守隱娘的宦官，緊張地左右張望。過了一會兒，附近有不少人倉皇奔走，內廷之外傳來陣陣喧鬧聲，隱隱夾雜尖叫與怒吼。

那宦官見事態非同小可，拋下一句「我去看看狀況」就離開了。玉兒一個人被留在原地，心中驚懼不已。但此時玉兒忽然想到了隱娘，猜想她應該也正在擔心害怕，於是轉頭朝她望去。只見隱娘以手攀著門扉的槅子，也正望著玉兒。

「發生什麼事了？」隱娘問道。

「我也不知道……」玉兒只能如此回答。

驀然間，隱娘那一雙烏溜溜的眼珠微微轉動，視線移向玉兒的身後。

「哈彈之女。」

背後突然響起的聲音，讓玉兒嚇了一跳。玉兒幾乎整個人彈跳起來，轉頭一看，只見眼前站著一名年老的宦官。玉兒知道那老人是宦官，是因為老人身上穿著濃鼠色❶長袍，而且玉兒依稀記得曾經見過這名老人。

老宦官臉上毫無表情，雖然老態龍鍾，皮膚卻是光滑細緻。玉兒細細回想，想起了這名老宦官的身分。

「……羽衣公公？」

這人正是負責管理寶物庫的羽衣。玉兒曾見過幾次，但不曾與他交談過，當然不知道羽衣的真正身分，更不會知道羽衣早已「受鼇神召喚」而消失無蹤。

「哈彈之女。」

羽衣再度說了同一句話。玉兒這才察覺，羽衣的說話對象並不是自己，而是隱娘。

「鼇神宣召，速隨我去。」

玉兒不知道羽衣在說什麼，但隱約可聽出他是在催促隱娘離開房間。

「羽衣公公，請問是大家的旨意，還是衛內常侍的命令？」

玉兒開口問道。但羽衣毫無反應，彷彿沒有聽見，只是輕飄飄地朝門口走來。玉兒一時不知如何是好。不管是論宮中資歷，還是論宦官階級，羽衣都比玉兒高得多。

羽衣以一副理所當然的態度取下了門閂。

「呃，那個……」

玉兒急了，急忙上前制止，門扉卻從內側向外彈開，將他撞了出去。原來是隱娘推開門板，從房內衝了出來。玉兒整個人跌坐在地上，臀部疼痛不已。好不容易才站起來，隱娘卻已消失在走廊的轉角。至於羽衣，則更是早已不見蹤影。

玉兒登時臉色大變，明白自己犯了天大的錯誤，一邊尖叫一邊追趕上去。但隱娘的速度非常快，出了殿舍後毫不遲疑地疾步奔馳，朝著鰲枝殿而去。她穿過迴廊，奔上鰲枝殿的階梯，衝入了門內。玉兒也緊追在後。

隱娘站在殿內的中央，玉兒正要追上去，卻嚇得停下了腳步。隱娘的腳下石板，竟然散發出淡淡的光彩。不，與其說是散發光彩，不如說是整片石板有如水面一般漾起陣陣漣漪，反射著水波之光。

玉兒想要張口呼喊，此時背後卻傳來了高亢、刺耳的鳥禽鳴叫聲，一團金色的物體飛撲而來，同時耳邊響起了激烈的振翅聲。那團金色物體降落在地面上後，又開始昂然高鳴。

那赫然是一隻金雞。玉兒記得那是夜明宮飼養的金雞，卻不明白牠怎麼會飛到這種地方來。緊接著後方又傳來一陣腳步聲，玉兒轉頭一看，衣斯哈也正朝著這個方向奔來。

「星星……」衣斯哈喘得上氣不接下氣，嘴裡呼喚著金雞的名字。然而對那呼喚聲有反應的不是金雞，卻是隱娘。她偶然抬起頭，望向聲音傳來的方向。

衣斯哈走進了殿內。他一看見玉兒，先是愣了一下，接著當他看見隱娘，更是整個人都傻住了。

「……阿俞拉？」

隱娘眨眨眼，喊了一聲「衣斯哈」。

「妳……怎麼會在這裡？」衣斯哈大感錯愕，隱娘沒有回答這個問題，神情卻顯得相當開心。接著兩人交談了幾句話，那似乎是他們故鄉的語言，玉兒完全聽不懂。

金雞又發出了尖銳的叫聲。隱娘先是嚇了一跳，接著望向金雞，露出一臉困擾的神情。

「能不能把那隻鳥趕走？神明不喜歡牠。」

隱娘說的是玉兒聽得懂的話，這表示她拜託的對象是玉兒。

「神明？」

金雞發出了宛如抗議一般的激烈鳴叫聲。驀然間，玉兒感覺到腳下地面隱隱搖曳，於是低頭望向地面石板。

——水？

地板不知從何時起，竟然浸泡在水中。驀然間，金雞振翅喧噪，金色羽毛滿天飛舞。仔細一瞧，竟然是地板射出宛如箭矢般的水柱，差一點就擊中了金雞。玉兒嚇得趕緊退到門邊，攀住了柱子，癱坐在地上。

原來不是地板浸泡在水中，而是地板變成了水。

滿地的水以隱娘為中心，捲起了一圈漩渦，不斷濺起飛沫。漩渦中不斷噴出水箭，射向金雞。

金雞一個翻身，一面鼓動翅膀一邊助跑，接著順勢飛起。牠避開水箭，飛出殿外，就這麼竄上天際，轉眼間已不見身影。

原本萬里無雲的天空，此刻卻被一層低垂的烏雲籠罩。

水聲越來越激烈，令玉兒將視線移回了殿內。只見漩渦圍繞著隱娘逐漸向上翻捲，他看得目瞪口呆，完全無法理解到底發生了什麼事。

一聲轟然巨響，伴隨著由下往上的衝擊，讓玉兒嚇得縮起脖子，緊緊抱住了柱子。水花彈射在玉兒的臉頰上，讓他忍不住緊閉雙眼。

「阿俞拉！」前方傳來衣斯哈的吶喊聲，讓玉兒重新睜開了眼睛。只見漩渦已化成了巨大的水柱，撞破了殿舍的屋頂。可怕的水聲聽起來與低吼聲有幾分相似。玉兒放眼望去，看不見隱娘，多半是被包在水柱裡頭了吧。衣斯哈將手伸向水柱，但是漩渦的力道太猛，激起了可怕的水花及狂風，根本無法靠近。

玉兒嚇得連站也站不起來了。眼前這幅景象，顯然不是人界應有之物，令他心驚膽顫，全身直打哆嗦。

又過一會兒，那水柱竟然開始像蛇的身體一樣蠕動。一面蠕動，一面伸長，同時發出咆哮聲，有如活物一般。

——我要被吃掉了！

玉兒的心中萌生了這樣的懼意。但是下一瞬間，玉兒聽見了玻璃碎裂的聲音。幾乎就在同一時刻，水柱炸裂開來，水花自天上灑落，有如傾盆大雨。

玉兒感覺到大量的水花飛濺在臉頰上，驚訝得合不攏嘴。

——消失了？

水柱消失之後，隱娘身影重新出現，而化成了水面的地板依然漾著陣陣漣漪。衣斯哈想要朝她奔過去，然而此時兩人腳下的地面卻開始劇烈搖擺。一陣水光閃動，水面盪起了波濤。而後水柱再度伸出，輕柔地將隱娘捲住。

「啊……」

衣斯哈才剛發出尖叫，隱娘的身體已經被拖入了水面下。隱娘朝衣斯哈伸出了手，衣斯哈回握住她，並想要將隱娘拉回來，沒想到自己反而被拖了進去。接著衣斯哈的腳下也伸出了水柱，有如藤蔓一般將他緊緊纏繞。此外有更多的水柱自兩人的外側升起，將兩人包夾在中間。下一瞬間，玉兒聽見了一陣輕柔的水花聲，同時兩人的身影就這麼憑空消失了。

玉兒看得瞠目結舌。一切發生得太過突然，根本沒有時間釐清整件事的來龍去脈。

不一會兒，身旁忽響起細微的衣襬摩擦聲，讓玉兒回過神來。轉頭一瞧，只見身旁站了一個陌生男人。那男人年約四旬，以一塊布蓋住了臉的左半邊，看起來顯然不是宦官。這裡是內廷，照理來說不該出現這種來歷不明的男人，但此時玉兒早已腦袋一團混亂，並沒有詢問對方的身分。

「……該死的鼇神。」

男人咒罵了一聲，便迅速轉身，出殿外去了。

玉兒深呼吸數次，調勻了氣息之後，才緩緩起身。環視殿內，竟然一滴水也沒有，石板地面毫無異狀。抬頭仰望，屋頂依然是坍塌狀態，可看見蔚藍的天空。

✿

高峻聽完了玉兒的描述後，命他退下休息，自己仰靠著榻背，陷入了沉思。

——最後出現的男人，應是白雷無疑。

那水柱是鼇神所為？雖然不清楚鼇神有何圖謀，但必然與破除結界有關。白雷主動提供協助，難道也是鼇神的陰謀？

「原來隱娘與衣斯哈互相認識。」

不，恐怕不僅是互相認識而已。回想起來，這兩個孩子的外貌有著相同的特徵，應該都是哈彈族人。

鼇神為何要擄走兩人？目前雖然不知道原因，但內情恐不單純。

高峻深深嘆息，閉上雙目。目前不明朗的疑點實在太多，難以採取因應對策。只要走錯了一步，很可能就會陷入無法挽回的絕境。這樣的恐懼，不斷磨耗著高峻的心神。

驀然間，高峻聞到了一股熟悉且柔和的芬芳香氣。睜開眼睛一看，衛青正將一杯茶擱在小几上。

高峻向玉兒詢問事情原委的時候，衛青在一旁煮起了茶。衛青所煮的茶一如往昔，是如此芬芳、甘醇而順喉。一口喝下，頓時感覺到一股暖流順著咽喉滲入五臟六腑。

「……今天朕深深感覺到，幸好有你陪在身邊。」

高峻捧著茶杯，說得感慨萬千。聞言，衛青卻默不作聲，只是面露微笑。

喝完了茶，高峻起身說道：「去夜明宮。」

「現在嗎？您累了一整天，不如明天再去吧？」

「明天的朝議，必然論及今日之事。有幾句話，朕得先問個清楚才行。」

今天全城的人都已親眼目睹壽雪是前朝欒氏的後裔。雖然高峻早已廢除處死欒氏的律法，但今天的事情鬧得沸沸揚揚，朝廷總不能毫無作為。

——能否保住壽雪性命，尚在未定之天。

高峻讓梟停在自己的手臂上（在旁人眼裡只是一隻星烏），動身前往夜明宮。

此時夜幕低垂，夕陽早已隱沒，放眼望去一片昏暗。然而高峻並沒有要衛青掌燈，只是在黑暗中快步前進。

夜明宮周邊一帶依舊漆黑，景色難辨。靠著從殿內透出的朦朧光芒，才能勉強辨別方位。衛青踏步上前，告知皇帝駕到。殿內登時響起一陣騷動，一人匆忙將殿門拉開。開門的人是淡海，他一看見高峻，立即跪了下來，喊了一聲「大家」。接著卻又轉頭望向殿內深處，露出不知如何是好的表情。殿內掛起了帳簾，帳後就是床鋪。溫螢與九九都站在床邊，壽雪則垂著頭坐在床上，以手按著額頭。

「壽雪。」

高峻輕喚了一聲，壽雪毫無反應，高峻只好低頭望向手臂上的梟。

「烏。」

梟這一叫，壽雪才以一副慵懶的態度抬起頭，緩緩朝高峻的方向望來。只見她雙眉微蹙，以一雙怨憤的雙眸瞪著梟。那粗暴的神態，絕非壽雪所有。心靈對面貌的影響之巨，似乎更勝於五官，眼前這個人雖然有著壽雪的外貌，卻與壽雪有著天壤之別。

「你是來殺我的嗎？」

壽雪……不，應該說是烏，對著梟如此問道。口氣中充滿了憤怒與畏懼。

「殺妳？唔，看來妳還沒有搞不清楚狀況。我來到這裡並不是以葬者部的身分，而是遭到了流放。」

「流放……？」烏皺起眉頭，顯得半信半疑。

除了烏之外，梟的聲音只有高峻聽得見，因此淡海、溫螢等人都露出了摸不著頭腦的表情，一臉錯愕地看著壽雪與高峻。

高峻走進殿內，坐在椅子上。梟則振翅飛到了對面另一張椅子的椅背上。

「如今壽雪的身體受烏漣娘娘操控，說話的是烏漣娘娘，壽雪的心目前不知下落。烏漣娘娘的兄長依附在這隻星烏之中，他的聲音只有朕聽得見。」

高峻以泰然自若的口吻說出了現況。淡海等人皆聽得瞠目結舌，但此時高峻並沒有心思理會他們。

「烏，我問妳，壽雪的心在何處？如何才能覓回？」

高峻開門見山地問道。

烏這時才轉頭面對高峻，冷冷地說道：「不知。」

烏的回答可說是極盡冷漠之能事。壽雪的說話口吻雖然也很冷淡，然而冷淡中卻帶有一絲暖意，與眼前這個女人可說是截然不同。

「妳不知道？」此時梟開口說道。

只見烏將頭別向一旁，默不作聲。

「妳向在幽宮任岬部職，即靈魂引渡者。心即魂，壽雪之魂在何處，如何喚回，妳豈能有所不知？」

烏並不答話。高峻看在眼裡，也不追問，只是淡淡地說道：「既然有辦法喚回，那就行了。」以烏此時的態度，就算再怎麼逼問，她大概也不會說。目前至少知道有辦法喚回，已是一大突破。

「烏，我們正在設法尋找妳的半身。」

烏聽到這句話，驚愕地轉過頭來。

「大致方位也已查出。原本壽雪打算一打破香薔的結界，立刻便動身前往該地。」

烏瞪著高峻，顯然還抱著相當強的戒心，雙眸流露出了猜疑之意。

「別想騙我。」

她以充滿恨意的口吻說道：

「我已經學乖了，別想騙我第二次……不，第三次！」

這句話一說完，高峻驟然感覺到一陣強風撲面而來，不由得閉上了雙眼。驀然間，前方砰的一聲重響，睜眼看時，門扉赫然就在自己的眼前，而且還是關上的狀態。看來烏是將自己趕出了殿舍。高峻對這一招並不陌生。當初第一次到夜明宮拜訪烏妃時，壽雪也以這一招對付過自己。轉頭一看，衛青就在自己的身邊。接著是一陣振翅聲，竟連梟也落在了自己的肩頭上。

「她數度受凡人欺瞞，已不再輕信凡人。」

「你指的是她遭流放之事，以及香薔之事？」

烏當年遭到流放，是因為她受亡者蠱惑，令亡者死而復生。至於香薔，更是將烏永遠囚禁於烏妃的體內。想到這裡，高峻不禁感慨烏確實頗值得同情。

「真是既愚蠢又悲哀。」

梟表面上說得冷酷無情，但言詞中卻流露出無盡的哀憐與疼惜。

高峻凝視著黑色的門扉，半晌後轉身說道：

「去鴛鴦宮。」

想要拯救壽雪，就不能有絲毫逗留。每遲一刻，壽雪得救的希望就渺茫一分。

夜色越來越深，沒有半分停留。

✿

白色的晨曦射入了廟堂之內。廟堂上的眾人，臉上各自帶著嚴峻的神情。宰相明允更是眼角不住抖動，顯得相當焦躁。就連平素性情溫厚的行德，此時也是滿臉苦澀，似乎正在強忍著胃痛。冬官千里及負責守衛城門的監門衛將軍正在廟堂內，向一眾高官說明昨晚發生的事情。同樣的內容，高峻已在稍早的時候聽兩人說過了。

冬官聲稱昨日舉行的是祭祀門神的儀式，理由是近來的占卜結果有門神降災之兆，必須祭祀門神才能趨吉避凶。城門坍塌、屍骸大軍及鰲枝殿屋頂塌陷，都是門神降災造成的影響，所幸祭祀儀式相當成功，並沒有造成人員傷亡。

將軍則說明了宮城內各處的損害細目，以及根據目擊者證詞彙整出的詳細經過。尤其是關於城門倒塌及屍骸大軍的部分，更是描述得鉅細靡遺。眾人聽到了屍骸大舉來襲的部分，全都驚恐得打起了哆嗦。若說是叛軍進犯，眾官還能夠冷靜應對。但昨晚發生的事情，已超越了凡人的理解範疇，眾人的臉上，都帶著不知該如何是好的迷惘。

高峻假裝漫不經心地環視眾官，臉上的表情與往昔毫無不同，但他的後頸此刻正在冒著陣陣冷汗。

能不能保住壽雪的性命，就看這一刻了。

「對了……」明允開口說道：「聽說有個巫女不僅打倒了那大量的屍骸，還以一根箭矢消滅了水柱……她是誰？」

這正是最大的重點。明允並沒有被屍骸、水柱等等異端奇事干擾了思緒，第一句話就問出了問題的核心。

「根據目擊者的證詞，那巫女有著一頭銀髮。」

「沒錯。」將軍點了點頭。但他也不清楚這個問題的答案，只是轉頭望向隔壁的千里。

「她是一名巫女。」

千里輕描淡寫地說道。

「我知道她是侍奉烏漣娘娘的巫女，我問的是她的身分。」

「既然是巫女，當然是冬官府的人。」

千里對答如流，一副完全不放在心上的態度。高峻不禁心想，看來千里這個人遠比自己所預期的更有膽識。

「什麼來歷？」

「柳壽雪，十六歲。原本是個家婢，後來被金雞選上，成為烏漣娘娘的巫女。」

「金雞？」

「金雞是烏漣娘娘的差使，是一隻有著金色羽毛的鳥禽……」

「那柳壽雪與欒氏是何關係？」

明允不等千里說完，直接打斷他的話，問出了最關鍵的問題。眾人臉上的緊張之色頓時更增添了數分。

「不清楚。」

千里說得氣定神閒，彷彿一切都是理所當然。明允一聽，眼皮微微抽搐。

「你怎麼可能不清楚？」

「我只知道她在懂事之前就遭人口販子擄走，賣給大戶人家當作家婢，除此之外的事情一概不知。」

「你以為一句不知道就可以搪塞過去嗎？」

明允厲聲喝罵。

千里沒有辯白，只是淡淡一笑，說道：

「那就砍我的頭吧。」

包含明允在內，所有人聽到這句話都吃了一驚。

「你說什麼……」

「一切的責任由我承擔。全天下有太多人能夠取代我，卻沒有一個人能夠取代柳壽雪。諸位試想，在諸位生平見過的所有人裡頭，除了柳壽雪之外，誰有能力擊退大量的屍骸，並且用一根箭矢消滅水柱？」

明允登時啞口無言，其他人也各自默然。

「天底下沒有人能夠取代她。」

千里說得斬釘截鐵，聞言，明允懊惱地別過了頭。

「……我聽說她是烏妃，是後宮裡的一名妃子。」明允朝高峻瞥了一眼，接著說道：「關於這一點，你有什麼話說？」

「烏妃之名，只是俗稱，後宮妃嬪並無烏妃這個位階。單純是因為後宮有烏漣娘娘廟，所以她平素生活在後宮之中。後宮裡的烏漣娘娘廟，是從前朝便已存在。古人對烏漣娘娘的信仰，比我朝深厚得多，侍奉烏漣娘娘的巫女也有崇高的地位。何況後宮妃嬪多有一些煩惱，妃嬪們大多信奉烏漣娘娘，以烏漣娘娘為心靈的支柱，這一點從古至今都不曾改變。只因為是後宮裡的事，外人不曾聽聞。」

「但我不久前聽到一個傳聞……」明允的臉色比方才更加嚴峻數分。「聽說前陣子烏妃鬧出了不小的騷動，因而遭到降罪？」

「那場騷動的始作俑者並非烏妃，烏妃只是無端受累而已。後宮畢竟是與世隔絕之地，裡頭的生活少不了有些紛爭。至於騷動云云，更是家常便飯。」

明允一時找不到話反駁，只好沉默不語。千里說得顧盼自如，口氣平穩慈和，有如一陣清風拂過。

「那柳壽雪恐怕真有神通之力，若將她處死，難保她臨死之前不會對我們下咒。」此時忽有一人說道。這番言論雖然荒誕不經，但眾人不久前才親眼目睹成群屍骸死而復生，此時竟沒有人敢一笑置之。

明允朝說話者瞪了一眼，接著又轉頭望向站在角落的羊舌慈惠。慈惠一直緊閉雙唇，從剛剛就不發一語。他原本是欒朝重臣，近來受高峻拔擢，出任鹽鐵使。

「羊舌大人對這件事有何看法？」

明允客客氣氣地問道。他對慈惠雖然敬重，卻也帶了幾分戒心。

慈惠放開盤在胸口的雙臂，皺起了眉頭，面色凝重地說道：

「……老夫從前曾經因為背叛了欒氏而離開廟堂，此時哪有資格多說什麼？」

慈惠這番話說得異常沉重。明允不禁感到有些意外。因為慈惠放棄發言權，等於是對欒氏的倖存者見死不救。

高峻心想，慈惠這個人果然相當機靈。在眼前這個局勢下，慈惠絕對不能替壽雪求情。雖然他在前朝時曾經因與朝廷反目而下野，但畢竟羊舌家自古以來就是欒朝的重臣。一旦他替壽雪說話，便有篡逆謀反之嫌。如此一來，壽雪必死無疑。

明允轉頭望向高峻，言下之意，是聽候高峻裁處。高峻朝身後的衛青使了個眼色，衛青端著托盤，恭恭敬敬地踏步向前。托盤中放著一枚書狀。

「這是鴦妃寫給朕的請願書。」

高峻淡淡地說道。

「請願書……？」

「拿去讀讀看吧。」

「遵旨。」明允於是拿起了托盤中的書狀。

鴦妃在書狀中寫道，後宮妃嬪們都相當敬重壽雪，就連如今懷有身孕的鵲妃及鶴妃也不例外。此外，書狀中也提到眼下並沒有任何一條律法明定欒氏後裔必須受罰，不過倘若真的要罰，自己甘願代替壽雪受罰。一方面訴之以情，一方面卻也據理力爭。

昨晚高峻向花娘坦承了一切，與她商議之後，由她寫下了這紙書狀。

明允繃著臉讀完了書狀，將書狀交給身旁的行德後說道：

「鴦妃所言不無道理，現在已經沒有抓到欒氏餘孽必須斬首的律法，但是……」

明允皺起眉頭，沒有再說下去。他想要說什麼，高峻也很清楚。

「若要斬草除根，處死是最明智的做法。」

高峻坦白說出了明允沒有說出口的話。

「這麼做確實省事，但如果為了殺人而殺人，等於是罔顧律法。而且一旦這麼做，不知會對鵲妃及鶴妃造成什麼樣的影響，這點頗令朕擔憂。」

如今最重要的事情，是確保鵲妃及鶴妃順利產下皇子。任何有可能危害生產的因素都必須排除。

對壽雪來說，有兩點是不幸中的大幸。第一，壽雪獲得了花娘的幫助。花娘不僅是名門雲家的千金，而且是妃嬪中地位最高的鴦妃，她的話在朝廷極具影響力。第二，如今正恰逢妃嬪即將臨盆的重要時期。

「諸位請聽我一語。」

原本保持沉默的行德此時開口說道：

「現在還有另外一個問題……昨天發生之事，在短短一天內已經傳遍了宮城內外。在現場目睹異端的官吏們，把他們的見聞告訴了他們的家人，家人告訴了街坊鄰居，街坊鄰居又告訴親朋好友……百姓們個個都知道柳壽雪是擊退了妖魔鬼怪的美麗巫女，過陣子多半會出現讚頌她的俗謠吧。」

不管是朝廷大事，還是民間異聞，只要是受到百姓關注的事情，往往會以俗謠的形式在大街小巷流傳。類似的例子可說是古今皆然，不勝枚舉。

——看來消息傳開的速度比預期還要快。

事實上高峻昨天曾指示衛青，暗中派人告知現場群眾「壽雪是一名巫女」。這些人親眼目睹了怪異現象，又得知壽雪的身分是巫女，壽雪自然會在他們心中成為一個充滿神祕感的傳奇人物。

「倘若將柳壽雪處死，勢必引來百姓的不滿。這一類的事情倘若沒有處理好，甚至可能引發暴動。事實上當初朝廷堅持將欒氏滅族的作法，本來就損及了朝廷在百姓心中的形象，所以我認為應該要趁這個機會，展現出朝廷的寬宏大量。」

行德是個名副其實的穩健派人物，向來討厭打打殺殺。更何況他讀了姪女花娘代壽雪求情的請願書，當然非幫壽雪說話不可。

「昨天的事情，已然造成民心動搖。甚至還有人主張一定是欒氏的怨念招致天災異變。所以我認為我們反而應該厚待柳壽雪，消除百姓心中的擔憂及不滿。」

「這或有矯枉過正之嫌。」明允嘴上雖這麼說，但眼神也流露遲疑之色，顯然心中正將處死或處罰欒氏後代所會帶來的危機及利益放在天秤上衡量。

向來性格豁達的行德，此時竟一反常態，低頭望著地板，臉上帶著一抹沉痛。

「以恐懼操控人心，是一件很簡單的事情。」

他以低沉的嗓音說道。平日溫文仁厚的他，很少會以如此嚴肅的口吻說話，就連明允也默默凝視著他，不再開口。

「最好的例子，相信大家都明白，就是炎帝和從前的皇太后。當然我相信那也是一種統治方式，我並不打算加以全盤否定，但是……」

行德那豐腴的臉上滿是愁苦之色。

「我的兄長……也就是鶱妃的父親，大家都知道，他不願為官，選擇當一名海商。伴君如伴虎，今日是榮華殿上人，明日就成了受戮階下囚。我的兄長正是厭倦了這輕賤生命的官場文化，我也深有同感。過去我經常在煩惱，自己是不是應該像兄長一樣，老老實實當一個商人。但如今我依然站在廟堂之上，理由無他，因為我深信陛下有所不同。」

行德抬起了頭，臉上帶著殷切的期盼。

「我不想再看見血，我想看見『德』。我追求的不是以血治國，而是以德治國。我相信陛下有能力做到這一點，所以我今天才會站在這裡。」

行德這番話說得慷慨激昂，高峻感受到其熱誠，不禁暗自慨然。

——朕小看了行德這個人。

沒想到行德的心中隱藏著如此灼熱的信念，與他平日展現出溫和寬厚、與世無爭的性情截然不同。

從眾人的表情可以看得出來，大家都已受了行德那灼熱信念的感染。唯獨明允依舊眉頭深鎖，沉思不語。

「陛下。」

半晌之後，明允轉頭面對高峻，其他人也做了相同的舉動。這是催促高峻做出裁決的意思。高峻於是開口：

「朕認為行德說得很好。」

眾人一聽，全都露出鬆一口氣的表情，唯獨明允的表情有些複雜。高峻見局勢底定，這才放下了心中大石。

然而明允並沒有就此放棄，旋即說道：「但此事終究不宜擱置不理。」

「那是自然。」高峻點頭：

「朕打算如行德的建議，在形式上厚待柳壽雪。」

「『在形式上』……？陛下的意思是……」

「朕的意思，是讓她進入朝廷的體制之內。過去正是因為她立場模糊，不受任何規範，才會引發騷動，朕打算給她一個明確的身分。」

「陛下的意思是說，要給她一個官位？」

「不，不能是官位，只能是使職。」

使職即令外官，也就是皇帝可以直接任命的特殊官職。

明允垂下頭，沉吟了起來。高峻接著說道：

「這次的事情，令朕深刻體認祭祀的重要性。祖父生前厭惡怪力亂神，採取廢神祭而遠鬼神的策略，是以星烏廟荒廢如斯。然而祀祖祭神乃是國家大事，不應貿然廢除。世人必先知鬼神之異，方能反思自身之行。」

高峻說到這裡，停頓了一下，接著環視諸官，宣下旨意：

「修繕星烏廟，以柳壽雪為司祭者。冬官，清查所有當由皇帝親為的祭祀儀式，布告周知。凡是必要的祭祀活動，一切恢復舉行。」

「遵旨。」千里拜伏領命。高峻起身，走下臺階。這舉動便是宣布朝議到此結束，諸官一同拜伏謝恩。

高峻出了廟堂，沿著迴廊前進了一會兒，忽聽見背後一陣腳步聲追趕上來。於是他停下腳步，轉頭一看，原來是明允。高峻見明允欲言又止，於是屏退了衛青，吩咐明允上前，對著他低聲地道：

「你心中若尚有疑慮，就說出來吧。」

「……微臣與那烏妃，也曾有數面之緣。」

壽雪曾數度前往外廷，因此明允見過她幾次。

「陛下，微臣知道您不僅早就認識烏妃，而且還與她交情匪淺。在此之前，您不知道烏妃的身世祕密？」

高峻凝視著明允說道：

「如果你所說的『交情匪淺』，指的是同床共枕，朕可以告訴你，沒那回事。」

高峻說得直率而平淡。明允尷尬地垂下了頭。

「鴦妃很喜歡柳壽雪，將她視為親妹妹一般疼愛。繼承自永德的『耳目』，沒把這件事告訴你嗎？」

明允一聽，更是滿臉驚恐。前宰相雲永德收買了一些後宮的宮女及宦官作為自己的眼線，藉此打探後宮消息。高峻早已猜到永德一定是把這些人脈交接給了女婿明允，而非兒子行德。因為行德的個性太過善良老實，沒辦法做這些水面下的事情。

「至於你的問題，朕也可以回答你……朕原本並不清楚柳壽雪的身世。誰能想得到後宮之中，竟然會有個欒氏後人？」

「這麼說……確實沒有錯。」

明允向來是個極端理性之人。只要是道理說得通的事情，他都能欣然接受。在正常情況下，欒氏的後人確實不可能住在後宮之中，那幾乎可說是找死的行為。

「既是如此，當初您廢止欒氏族人的誅殺令，也與柳壽雪毫無關係？」

但明允還是問了一個相當犀利的問題。

「毫無關係。」

高峻淡淡地說道。自己說話向來簡潔扼要，此時如果多費唇舌加以解釋，反而容易引來疑竇。

「廢止誅殺令的理由，當初朕已經說得很清楚了。」

「為了去蕪存菁……律令如果不適時加以整理，很快就會變得過於繁瑣。陛下這個決定可說是相當明智。」

高峻點了點頭。

「還有其他問題嗎？」

「沒有了。」

明允退了一步，拱手說道：

「微臣惶恐，耽誤了陛下的寶貴時間。微臣心中再無疑慮。」

「那很好。」

高峻轉身邁步，此時明允卻又說了一句：

「陛下的深謀遠慮，實在令微臣嘆服不已。」

高峻轉過頭來，只見明允難得露出了充滿智慧的微笑。那笑容不帶絲毫譏諷之意，反而隱含著一抹對機密之事心照不宣的親近感。

「朕能有你們這些棟梁之材，實在是天幸。」

說完這句話後，高峻再度邁步。這確實是肺腑之言。

走了幾步，高峻不禁微微吁了口氣。朝議時自己似乎一直處於精神緊繃的狀態，背部感覺僵麻不已，此刻終於能喘口氣了。

——但事情可還沒有結束。

高峻向走在身後的衛青低聲說道：

「將之季與千里喚至弧矢宮，另遣一使者往見沙那賣晨。」

雖然問題堆積如山，但之季等人應該能妥善處理。真正棘手的問題，只有一個。

——烏。

✿

當天深夜，高峻再度造訪夜明宮。殿內貌似比往昔更加昏暗。仔細一看，燈籠前方竟擺著一座屏風，擋住了大部分的火光。

「娘娘……烏漣娘娘說她討厭光……」九九一臉困惑地說道。

只見烏環抱雙膝，坐在距離燈籠最遠的房間角落。高峻見她紮起了銀色長髮，身上同樣穿著平時穿慣了的黑衣，心裡猜想多半是九九幫她梳妝打理的吧。

「那個丫頭說一定要把頭髮綁起來。」

坐在角落的烏不斷發著牢騷。她嘴裡直喊著「頭好痛」，表情就像個鬧脾氣的孩子。

「我光是幫娘娘綁個頭髮，她就吵鬧個不停。」

除此之外，她還吵著說自己肚子餓了，但是將餐點端到面前時，卻又不會使用筷子和湯匙。沒辦法好好吃飯，最後還自暴自棄，想要直接用手抓食物來吃。

「簡直像個三歲小孩。」九九說道。

「她當然不會使用筷子。」停在高峻肩頭的梟說道：

「在幽宮的時候，我們只吃樹上的果實，從來沒學過筷子的用法。」

「幫她做些不用筷子也能吃的餐點吧。」高峻吩咐九九。

「除此之外，還有什麼問題嗎？」

「沒有了，可是……」

「可是什麼？」

「娘娘會恢復吧？恢復成原本的娘娘……」

九九露出一臉泫然欲泣的表情。高峻轉頭望向烏，烏將頭別向一邊，什麼話也不說。

「會。」

高峻只應了這麼一個字。九九這才露出稍微安心的表情。

「衣斯哈的下落……還是不知道嗎？」

「目前還沒有頭緒。」

九九臉上的表情登時轉為失望。高峻不禁心想，這女孩的表情真是簡單易懂。

「衣斯哈……是那男童吧？」

窩在房間角落的烏忽然說道。

「那是哈彈族的男童。白鼇那傢伙為了洩憤，把他擄走了。」

烏說得憤恨不已。

「為了洩憤？」

「哈彈是我的『巫』。我的第一個『巫』，就是哈彈族人……」

「第一個巫……」高峻一面回想一面說道：「妳指的是第一代冬王？」

最初烏在幽宮犯了罪，被流放到此地時，她挑選了一個男人為夏王，一個女人為冬王。那正是雙王歷史的濫觴。

「剛被流放到這裡的時候，沒有人看得見我，也沒有人聽得見我的聲音。直到遇上了那個巫，我才終於能夠與凡人交談。」

烏呢喃說道。

「沒有了巫，我什麼也做不了。沒辦法和凡人交談，也沒辦法獲得供品，不知道該怎麼辦才好。白鼇那傢伙也一樣，我們最怕的事情，就是巫被殺死。所以白鼇又氣又恨，我也一樣。」烏的言詞帶著幾分稚氣，沒有辦法把前因後果交代清楚。

「鼇神發怒……是因為妳殺了他的巫？」高峻問道。

「不是我殺的，是哈彈族殺的。他們攻打杍，殺了白鼇的巫。因為杍王就是當初欺騙我的那個男人。」

杍朝是一個信仰鼇神的古代王朝，據說壽雪的身上也流著杍朝人的血脈。高峻試著在心裡整理前因後果。

烏遭到流放，是因為她受亡者蠱惑，令亡者死而復生。原來那個亡者就是杍王？因為有這個嫌隙，所以烏指使哈彈族消滅了杍朝。鼇神的巫也在戰亂中遭到殺害，因此鼇神憎恨著烏。既然烏也憎恨著鼇神，這代表……

「妳的巫也被鼇神殺了？」

「沒錯，而且那傢伙的手段既狡猾又卑鄙。」烏皺眉說道：「他故意引誘兄弟吵架，殺死了我的巫。」

當初壽雪所描述的古代歷史，確實有類似這樣的橋段。夏王與其弟弟發生爭執，後來夏王殺了冬王，導致天下大亂，從此進入漫長的亂世時代。

由此看來，鼇神也曾毀掉一個王朝。

「所以妳就跟鼇神打了起來？」

「最後是我贏了。」

烏的口氣帶了三分得意。「區區白鼇，哪是我的對手。」

「失去了半身，還敢說妳贏了？」

說這句話的人不是高峻，而是梟。烏氣呼呼地瞪了梟一眼。

「若不是失去半身，妳怎麼會遭到香薔擺布而無法脫身？腦筋不好還想要反擊，才會落得這個下場，真是個傻丫頭。」

烏懊惱地瞪著梟，緊緊咬住了嘴唇。只見她的眼眶逐漸積滿淚水，一張臉漲得通紅。高峻從剛剛的對話，也已聽出烏的腦筋確實不太靈光。

「香薔她……從小就是個奴隸，整個人瘦得像皮包骨，臉上氣色很差。雖然看起來好弱小、好可憐，卻是只屬於我一個人的巫，是我好不容易才找到的巫。她總是孤單一人，我是她唯一的朋友，只有我會為她著想……沒想到她竟然會……」

烏環抱著膝蓋，嚎啕大哭起來。高峻看著烏以壽雪的身體做出這樣的舉動，心情不禁有些複雜。壽雪就算要哭，也絕對不會像這樣哭得呼天搶地。

「原來妳們是同病相憐。」梟哭笑不得地說道。「看來那個香薔也是被欒夕利用了。」

「如果我能取回半身……只要能拿回半身……我就不會被關住了……」

烏說得一把鼻涕一把淚，碩大的淚珠滾滾滑落。

「……取回半身之後，妳會與現在有何不同？」高峻淡淡地問道。

烏以一雙濕潤的雙眸凝視高峻。她一眨眼，淚珠再度沿著臉頰滑落。

「我會變回我。」

烏這句話說得不清不楚，高峻只能自行加以解釋。

「妳的意思是說，恢復妳原本的模樣？屆時壽雪……妳現在的身體會有什麼下場？」

烏歪著頭想了一下。那神態與壽雪有幾分相似。

「沒什麼下場。我能夠進入巫的體內，也能夠離開，就像風一樣。」

就像風一樣。這句話不太像是烏會使用的比喻，或許她只是轉述了從前某個「巫」的感想吧。

總而言之，目前聽起來就算烏取回半身，對壽雪的身體也不會造成什麼危害。這讓高峻著實鬆了口氣。

「烏，朕能體諒妳不再相信凡人的心情，但朕會盡最大的努力，獲得妳的信任。」

烏默默凝視高峻，眼神中流露著懷疑。

「妳想要取回半身，這一點不會有錯吧？」

烏點了點頭。

「我們也想要幫助妳取回半身。只要妳獲得自由，壽雪就能獲得自由。」

高峻盡可能使用淺顯易懂的詞句，一字一句說得清清楚楚。烏微微皺眉，默默傾聽著他的話。

「因為我們想要讓壽雪獲得自由，所以一定會盡全力幫妳尋回半身。這不是為了妳，是為了我們自己，妳明白嗎？」

烏動也不動，一雙妙目只是注視著高峻。高峻無法推敲她心中的想法，甚至不知道她的腦袋有沒有在轉動。

「幫我取回半身……是為了你們自己……？」

烏不安地問道。

「沒錯。」高峻點了點頭。

「對我們來說，幫助妳是對我們有利的事情，所以我們絕對不會背叛妳。」

烏露出一臉迷惘的神情，眼神左右飄移，兩隻手一下子放在膝蓋上，一下子捏著裙子下襬，顯得不知所措。

「烏。」

梟喊了一聲。烏聽到梟的叫聲，肩膀微微一震。

「妳應該明白，我來到這裡的目的，是為了救妳。我與妳誕生於同一顆泡沫之中，絕對不會棄妳於不顧。」

烏睜大了雙眸，以一雙烏溜溜的眼珠凝視著梟。

「……但你不是生氣了？」

「現在我已經不氣了。我也是個笨蛋，和妳一樣遭到流放。除了跟妳在一起之外，我別無選擇了。」

「跟我在一起……」

「我們會一直在一起。」

烏張著雙唇，卻沒有說話。她整個人靜止不動，一滴眼淚又從她的臉頰滑落。

高峻清楚地感受到烏那凍結的心靈正在融化。驀然間，高峻恍然大悟。

——原來烏最害怕的事情，是「孤獨」。

只有巫能夠感受到烏，能夠與烏交談，理解烏的想法。一旦失去了巫，便再也沒有人能夠與烏心意相通，這正是她心中最大的恐懼。

烏依然持續哭泣。但她不再像剛剛那樣放聲大哭，而是安靜地流著眼淚。

神明的孤獨，是一種什麼樣的滋味？高峻試著在心中想像。沒有人聽得見自己的聲音，沒有人察覺自己的存在，那是一種多麼強烈的恐懼？

「及人死，魂受幽宮牽引，遠渡重洋……」

半晌之後，烏不再哭泣，嘴裡細語呢喃。

「凡幾度星霜，靈魂復出幽宮，入迴廊星河，於河中漂蕩搖擺、夢寐游離，遂化為新生墜地……」

烏停頓了一下，又輕聲說道：

「然未死之魂不得入幽宮，必受迴廊星河所引，洪流吞噬，於河水中永世徘徊。」

高峻心頭一驚，望向烏，烏也正看著高峻。

「這少女的靈魂，如今在迴廊星河。」

——迴廊星河！

在傳說中，布滿星辰的夜空覆蓋在大海之上，當中有星河流淌，星光每自星河墜地，便化為生命……

「壽雪……正在迴廊星河徘徊？」

烏點了點頭。

「妳有辦法將她的靈魂引導回來？」

「有。」

烏說得斬釘截鐵。有辦法能夠讓壽雪平安歸來……得知這一點的瞬間，高峻不由得熱血沸騰，心跳加劇。

「怎麼做？」

然而烏的回答，卻令高峻的思緒瞬間凍結。

「須得透過這少女的親人，喚回她的靈魂。」

不知過了多久，當高峻回過神來，發現自己正在內廷的房間裡。自己究竟去了哪些地方，又如何回到內廷，竟然完全想不起來。

——壽雪的親人！

烏所說的話，再度浮上心頭。

——要到哪裡尋找與壽雪有血緣關係之人？

欒氏一族除壽雪之外，早已遭誅戮殆盡。

很多事情就算表面上已成定局，只要運用一些智慧，通常還是有轉圜的餘地，高峻向來抱持著這樣的想法。這次成功避免壽雪遭到處刑，就是最好的例子。

但是人死不能復生。即便有百龍之智，也無力回天。

此時高峻的心情，就像是沉入了幽闇而深邃的海底。

眼前什麼也看不見，沒有一絲亮光。

高峻感覺到自己彷彿將被強大的黑暗吞噬，不由得伸手按住了椅背。

「大家！」不知何處傳來了衛青憂心忡忡的聲音。那聲音聽起來好遙遠。

高峻以手掌抵住了額頭。掌心竟異常冰涼。偶然間，他低下頭，看見了擺在矮桌上的棋盤。上頭還排著一些棋子，正是自己與壽雪花了很多時間慢慢對弈的一局棋。

——這局棋難道註定沒有下完的一天嗎？

為什麼會是這樣的結果？

呻吟聲自高峻的雙唇間逸出。

衛青將高峻送回寢室後，獨自在殿舍內巡視了一圈。整座殿舍裡只有衛青的腳步聲，踏在冰冷的石板地面上。此時衛青滿腦子只擔心著高峻的身體。高峻自返回內廷之後，氣色便非常差，在這短短的時間裡，他竟憔悴得有如大病了一場。而高峻的心中在煩惱著什麼事，衛青非常清楚。

——壽雪的親人……

找不到與壽雪有血緣關係之人，就沒有辦法喚回壽雪的靈魂。就算烏漣娘娘離開了，那軀體也只會是一具沒有靈魂的空殼，也就是一具死屍……是這個意思嗎？

——那可真是求之不得的事。

衛青心裡如此想著。如果能夠讓壽雪從這世上消失，那是再好也不過了。對高峻而言，這可說是最好的結果。

衛青明明抱著這樣的想法，內心深處卻彷彿有一道聲音在低聲細語著。這樣真的好嗎？我很有可能是壽雪的同父異母哥哥，此時能夠拯救壽雪的人，天底下或許只有我而已，難道我要對親妹妹見死不救嗎？這真的是正確的決定嗎？

——當然！

衛青努力嘗試將那道聲音拋諸腦後，但那道聲音就是不肯消失，有如卡在胸口深處的一顆小小的異物。

衛青感到呼吸困難，心中充滿了迷惘。沒有人可以指引自己一個正確的方向，就算是高峻也不能。

✿

高峻一到冬官府，便看到數名放下郎出門迎駕，但其中不見千里的身影。事實上千里已在高峻的指示下，隨同之季離開京師，前往了界島。

放下郎引著高峻走向冬官府最深處的某屋舍，進入了一間房間。房內有一名老人坐在床上，正是封一行。他自從打破結界後就病倒了，一直躺在床上。

「好些了嗎？」

「多謝陛下的關心……在烏妃娘娘危急之際沒能幫上忙，小人實在愧惶無地。」

此時的封一行變得更加削瘦，整個人彷彿縮小了數分。

「烏妃娘娘竟然是欒氏之後……小人真的是萬萬也沒想到……」

他眨了眨混濁的雙眼，淚珠滾滾滑落。

「小人當年拋棄了冰月，沒想到還有機會再遇上欒氏後人。」

欒冰月生前是封一行的愛徒。

「……封一行，你對巫術瞭如指掌，朕有一事相詢。」

高峻淡淡地說：

「烏漣娘娘言道，壽雪之魂如今在迴廊星河。只有壽雪的親人，才能將其喚回……除此之外，當真別無辦法了嗎？」

封一行滿臉困惑地眨著濕潤的雙眸，說道：「唔……若是死者之魂，可以招魂術招之。但生者之魂不同於死者之魂，實在無法可招。」

封一行雖然一臉病容，但一談到巫術之事，立刻說得頭頭是道。可惜就算是封一行，也沒辦法說出高峻心中期盼的答案。封一行見高峻的眼神充滿了沮喪，不安地問道：

「難道……烏妃娘娘沒有親人？」

「如何能有親人？」

高峻很少使用如此強硬的口吻說話，令封一行吃驚得瞪大了眼睛。

「除非這世上還找得到其他的欒氏後人。」高峻接著以稍微和緩的語氣說道。

「陛下，小人不是這個意思……」封一行戰戰兢兢地說道：「烏妃娘娘的母親及父親，只是有一方是欒氏，難道另一方也完全沒有親戚嗎？」

「繼承欒氏血脈的是她的母親……但朕不知道她的父親是誰，壽雪自己似乎也不知道，因為她的母親生前是風塵女子。」

封沉吟了一會兒後說道：

「即便母親是風塵女子，並不見得一定查不出父親是誰。只要符合一些條件，還是有機會查出來。」

高峻滿臉疑惑地問道：「什麼樣的條件？」

「花街也有階級高低之分。北曲的階級較低，客人都是京師的庶民，或是來到京師工作的外地人。南曲的階級較高，客人都有一定程度的地位及財富。因此想要在南曲賣身，必須具備相當高的學識涵養及才藝。如果技藝過人，也有可能獲得客人贖身，成為客人的小妾。烏妃娘娘的母親若是在南曲賣身，只要知道門路，或許有機會查出父親身分。」

「……什麼樣的門路？」

「譬如有一定名氣的名妓，熟客的身分也會在花街流傳，這種情況要查就會容易得多……陛下可知道烏妃娘娘母親的名字？」

「只要查一查欒氏一族的處刑名冊，就能知道名字。」

「小人指的是在花街的花名。」

「花名……嗯，查樂戶應該能查得出來。」

負責管理樂師、官妓的官府單位稱作「教坊」。想要在花街的青樓賣身之人，都必須前往教坊報備登記。當然如果是未經官府核准的違法青樓，就查不到紀錄了。

「要清查這麼久以前的紀錄，恐怕得花上一些時間……」

高峻說到一半，忽然想到另一個方法，改口說道：

「夜明宮裡的人，或許曾聽壽雪提過。」

例如九九，也許曾聽壽雪說起母親之事。

「如果聽過，事情就好辦了，朕先確認看看……青。」

高峻轉頭喊了一聲，衛青應了，表情卻有些僵硬。

「遣使者往夜明宮。」

衛青領命，走出了房間。高峻將頭轉回來說道：

「知道了花名之後，你打算從何查起？」

「小人曾在花街從事代筆的工作，因此有些門路。」

「但是……」高峻凝視著封一行說道：「以你現在的身子，恐怕沒辦法四處奔波。」

封一行笑了起來。這一笑，臉上的皺紋全擠在一起。他的內裡雖然虛弱，神情卻顯露出一抹平靜。

「小人能夠苟延殘喘活到今天，或許全是為了做這件事。若無法救得烏妃娘娘的性命，將來小人可沒有臉面對冰月及魚泳。」

那不帶一絲迷惘的覺悟表情，彷彿打算為這件事獻上生命一般，令高峻為之動容。

高峻不禁暗思，封一行逃竄了如此漫長的歲月，或許只是基於一種消極的理由。那不是對「生」的渴望，而是對「死」的恐懼。

但是任何人在面對死亡的時候，有誰能夠不心生畏懼？

過了一會兒，派往夜明宮的使者回來了，那使者的身邊還跟著溫螢。

「娘娘的母親，以『鶲玉』為花名。」

溫螢清清楚楚地記得這個名字。高峻胸中燃起了一線希望，不禁握緊雙拳。

「鶲玉……鶲玉……小人好像聽過這名字……」封一行嘴裡嘀咕，卻想不起這名字的來歷。「人一旦上了年紀，記憶力就會變差。但是年輕時的事情，卻是忘也忘不了。」

「大家。」

溫螢跪下說道：

「小人也想為娘娘盡一己之力。」

「溫螢。」衛青斥罵：「用不用你，大家自有決斷……」

高峻輕輕揚手，制止衛青再說下去。

「好，那你就陪封一行去一趟花街吧。」

高峻想了一下，接著又說道：「青，你也陪他們走一遭。」考量到封一行有可能在路上病倒，還是讓衛青一同前往比較保險。

「小人這就出發……」封一行才剛下床，身體竟晃了一下，溫螢趕緊奔上前，將他攙扶住。高峻見封一行腳步虛浮，不禁擔心他是否能達成任務。

封一行或許是見高峻面露憂色，接著又信心十足地說了一句「小人此去，不久便回，陛下勿憂。」

✿

「衛內常侍。」

三人搭乘的馬車一出城門，原本完全沒有發出半點聲音的溫螢忽然開了口。衛青只是朝溫螢臉上一瞥，並沒有應聲。

「您為什麼刻意隱瞞？」

「……我隱瞞什麼了？」

「娘娘母親的花名。當初正是您讓娘娘親口說出這個名字，不是嗎？」

「看來你很擅長偷聽別人說話。」

衛青語帶譏諷，溫螢卻是絲毫不為所動，只是目不轉睛地看著衛青的臉。衛青不禁有些後悔，果然實在不應該派他擔任壽雪的貼身護衛的。當初衛青做出這般決定，是因為溫螢這個人能力優秀、心思細膩且對自己忠心耿耿。

更重要的一點，是衛青欣賞他有一顆赤子之心。

——沒想到正因為如此，如今他竟對烏妃崇敬有加。

衛青暗自咂了個嘴。那個時候，自己怎麼會傻到向壽雪詢問母親的花名？明明知道溫螢就在旁邊……

「我只是忘了。」

「您明知道娘娘母親的花名，為什麼瞞著不說？」

溫螢完全無視衛青的回答，繼續詰問。

「您到底想要隱瞞什麼？」

衛青將頭轉向一旁，沒有答話。

「您既然知道娘娘的母親，應該也知道她的父親……」

「我什麼也不知道！」

衛青不屑地說道。沒想到這句話一說出口，竟讓淵螢錯愕得沒辦法再問下去。因為衛青此時的聲音與態度，都有如刀鋒一般銳利，頓時讓馬車內的氣氛變得冰冷而凝重。

「啊，老夫想起來了。」

旁邊的封一行忽然冒出了這句話，口氣相當開朗，與當下的氛圍格格不入。

淵螢愣了一下，轉頭朝他問道：

「你想起什麼了？」

「當初老夫遭到逮捕時，青樓的鴇母曾經提到鶲玉這個名字……」

封一行說到一半，忽然轉頭望向衛青，面露驚愕之色。衛青迅速伸出手掌，揪住封一行的咽喉，手上微微使力。封一行發出痛苦的呻吟。

「糟老頭，不准你再說一個字！」

封一行登時五官扭曲。

「幹什麼！」

溫螢急忙將衛青的手拉開。

封一行劇烈咳嗽著，溫螢一邊保護他，一邊對衛青投以責備的目光。

「您到底有什麼企圖？難不成您想要違背大家的旨意？」

溫螢不愧是衛青的部屬，這番話說得冰冷且充滿了譏刺意味。但他看見衛青面無血色且劇烈喘息，臉上的譏諷表情霎時轉變為驚疑。

「您到底是怎麼了？」

衛青以雙手摀著臉，垂下了頭，心裡也很想問這個問題。我到底是怎麼了？完全無法保持冷靜，心裡有股想要立刻將封一行殺死的衝動。

「沒有錯，正是鴞玉……有個熟客原本說要幫他的母親贖身……沒想到那男人最後卻被鴞玉奪走了……」

封一行一邊咳嗽一邊說道。

「住口！」衛青厲聲喝罵道。

封一行受到驚嚇，一時不再說話，但他旋即瞪著衛青，以顫抖的聲音說道：「不，老夫要說下去。」

「住口！」

衛青抬起了頭，大聲嘶喊：

「烏妃……那丫頭的父親已經死了！被一個來路不明的妓女殺了！那男人是個敗類，我也是個敗類！因為我身上流著他的血！」

溫螢整個人僵住了。

「您的意思是……」

「沒有明確的證據，只是有可能而已……但就算我跟烏妃的父親為同一人，那又怎麼樣？我絕對不會救她！」

「衛內常侍……」

「別讓那丫頭回來，才是真的對大家好！那丫頭是個徹頭徹尾的禁忌！為了大家著想，就讓她消失吧！」

「……衛內常侍。」

溫螢以冷靜的口吻對著臉色慘白的衛青說道：

「您真正的想法是什麼？」

「什麼？」

衛青皺起了眉頭，不明白溫螢這麼問是什麼意思。

「如果撇開對大家好或不好，您會怎麼做？」

溫螢慢條斯理地解釋道。

「不要拿大家當藉口，請誠心面對您自己的心情，好好地想一想，您究竟希望怎麼處理這件事？」

「我並沒有拿大家當藉口……」

「您口口聲聲說是為了大家，卻完全不提自己的想法，這不是藉口是什麼？」

衛青霎時啞口無言。

──我希望怎麼做？

「那還需要問嗎……」

衛青的一切作為，都是為了高峻著想，除此之外不會有任何的動機。自己的心情一點也不重要，重要的只是對高峻是否有幫助。對衛青而言，高峻就是一切。

「你正在迷惘。」

說這句話的人不是溫螢，卻是封一行。

「你不知道該怎麼做才好。為什麼你會迷惘？為什麼你不想想看，過去為陛下做任何事，你曾經迷惘過嗎？」

「少廢話！」

衛青的心中充滿了焦躁。如果可以的話，好想掐住封一行那有如枯木般的脖子。為什麼自己會感到如此焦躁不安？

因為溫螢與封一行的每一句話，都直擊問題的核心，刺入衛青的內心深處。

——我根本不應該遲疑！沒有任何讓我需要遲疑的理由！

但實際上衛青的心中一直有著迷惘。衛青不斷告訴自己「理所當然應該怎麼做」，正是為了掩蓋心中的迷惘。

為何迷惘？在那迷惘的深處，存在著什麼樣的心境？

其實衛青早已知道答案。但不想承認這個答案的煎熬，讓衛青緊咬住了嘴唇。

——我想要救她。

那心情就像是一絲微弱的火光，存在於衛青的胸中，即使面對任何狂風暴雨，也不曾熄滅。那就是血緣和血脈所帶來的緣分。如果那血緣是真實存在的關係，這意味著對沒有父母也不可能有子女的衛青而言，壽雪是在這個世上獨一無二的血親。不管衛青再怎麼不願意，也必須承認這個事實。那意義與衛青心目中的高峻，又有些許不同。

正因為如此，衛青無論如何也不願意承認。

衛青閉上雙眼，陷入了沉默。刺耳的馬蹄聲與車輪聲不斷鑽入鼓膜，身體隨著馬車上下震動，肩膀及膝頭也隨之搖擺。不知已有多久，自己不曾像這樣深切感受到肉體的存在。在過去的漫長時間裡，衛青一直刻意避免想起自己的血緣，自己的血與肉。因為在他的意識裡，那與穢物無異，他需要的只有潔淨的心靈。然而自己確實擁有肉體，肉體的內側則流動著與他人相連的血脈。不知道為什麼，直到現在這一刻，衛青才感受到其尊貴。

衛青睜開雙目，朝溫螢道：

「停下馬車，掉頭回宮。」

溫螢露出摸不著頭腦的表情，說道：「但我們現在要前往花街……」

「沒有必要。當年鵲玉遭處死，她所待的青樓也遭勒令停業，所有人都被逐出了京師。烏妃的父親到底是誰，如今已無從求證。除了我這個同父異母哥哥，要找到她的親人已經是不可能的事情。」

溫螢驚訝得瞪大了雙眼，說道：「衛內常侍，您的意思是……」

「我得向大家認錯道歉才行。」

衛青低聲呢喃，垂首望向自己的手掌。雖然掌心中什麼也沒有，但衛青彷彿看見體內流動的鮮血，正與壽雪相連著，那是一種多麼不可思議的感覺。

✿

回到宮城之後，衛青立刻前往內廷見高峻。

「你們回來得真快。」

高峻正坐在榻上讀著書簡，一看見衛青走進來，臉上流露出了詫異之色。衛青見到高峻後，登時彷彿全身力氣盡失，跪倒在他面前。

高峻吃了一驚，張了口想要發問，但最後什麼話也沒有說，只是起身走到衛青面前，而後，他竟也跪了下來。身為皇帝，絕對不能做出這樣的舉動。衛青心裡這麼想著，卻是淚流不止，一句話也說不出口。

衛青的行為雖然是為了高峻著想，但是對高峻畢竟是一種欺騙。明知道高峻心中念茲在茲都是壽雪之事，衛青卻因為不敢面對自己的內心，而選擇保持沉默。

就這層意義上來說，正是衛青讓高峻嘗到了絕望的滋味。

如今衛青能做的事，就是乞求高峻的原諒。

「有一件事……小人一直瞞著陛下。」

衛青勉強擠出了這句話。高峻不發一語，只是凝視衛青，將手搭在他的肩頭。那手掌是如此溫暖。

這讓衛青回想起了一件往事。年幼的衛青因遭師父虐待而逃走，偶然撞見了高峻。當時高峻也是像這樣，只是安靜地凝視著滿身傷的衛青，將手搭在了他的肩頭。

如今高峻的手掌，就跟當年一樣溫暖。

冬之咎人

壽雪在一片漆黑中睜開了雙眸。

她的全身似乎浸泡在水裡，根據肌膚上的觸感判斷，那確實是水無疑。但不知為何，壽雪一點也不覺得寒冷。

水正不斷地流動，自己似乎置身在河水之中。那是一條很淺的河，因為此刻壽雪的身體有一半露出了水面。儘管遠處一片昏暗，但河面正散發著微弱的光芒。這正是目前她所能察覺到的事。

她以手撐著河底，坐起了上半身。

——螢火蟲在河面上隨波逐流。

這是壽雪心中的第一個念頭。數不盡的光點，在黑闇的河面上載浮載沉，緩緩漂流。那些光芒是如此微弱，彷彿隨時會消失，卻又不曾消失。

壽雪試著朝光點伸出手。仔細觀察，會發現那光芒是白中帶青的顏色。她以手指輕觸光點，那些光點竟穿透了手掌，流動絲毫沒有受到影響，既不冷也不熱，沒有在她手掌上留下任何觸感。壽雪遙望光點流逝的方向，遠方依然只有寬廣的河面及漆黑的夜空。極目四望，除了河面之外什麼也沒有。

驀然間，壽雪發現了一個疑點。這明明是一條河，卻沒有潺潺流水聲。空中無風，水中無魚，整個廣大的空間裡聽不見一絲一毫的鳥蟲鳴叫之聲。

——天底下竟然有這樣的一條河。

這裡到底是哪裡？我怎麼會在這種地方？對了，那些烏妃的屍骸……

壽雪回想起了失去意識前發生的事。

——我死了嗎？

壽雪低頭審視自己的手掌。明明置身在河水之中，雙手卻一點也沒被浸濕。她又試著握拳，卻使不出半點力氣。那是一種相當奇妙的感覺。明明自己正存在於肉體之中，卻感受不到肉體的存在。

壽雪看著眼前的景色，陷入了沉思。原來人死之後，會來到這樣的地方，一條蕭瑟、寂寥而昏暗的河川。

「看那邊。」背後驀然響起了說話聲。

壽雪吃驚地回頭一看，一名身穿黑衣的嬌小少女，就站在自己的正後方。少女有著蒼白的臉孔、骨瘦如柴的身體，以及一對大得異常的雙眸。她的雙唇乾裂，而且毫無血色。

少女伸出手指，指向前方。壽雪看見少女的手，不由得心中一突。少女的每一根手指都只剩下半截，鮮血不住滴落。

「星光墜地，又是一新生命的誕生。」

壽雪朝少女所指方向望去。漂蕩在河面上的微弱光點，一面搖曳一面緩緩沉入水下。

「看，那也是……」

少女又指向另一光點。那光點同樣在擺動中緩緩沉墜。放眼四周，還可以找到諸多正在下墜的光點。

「受神宮導引之魂，於此川中受盡沖刷洗滌，周遊巡迴，終於化為新生命。」

少女的聲音雖然清澈透亮，卻是尖細而微弱，彷彿隨時會中途消失。

「我在這邊能做的事，就只是一直看著、一直看著……」

少女放下手臂，轉頭面對壽雪。她的眼神空洞陰鬱，有如晦暗的樹洞。

「妳破了我的結界。」

她的聲音變得陰沉而沙啞，雙眸變得更加陰鬱而深邃。

壽雪憤然往前一撲，將少女按倒，登時水花四濺。

「……香薔！」

壽雪幾乎可以肯定，眼前這名少女就是香薔。至於她為何會出現在自己的面前，壽雪壓根沒有想過這個問題。在這個瞬間，自己所感受到的只是對初代烏妃的憤怒與憎恨，在胸中不斷膨脹、爆發。

香薔即使遭壽雪推倒，表情依然沒有變化，空洞的雙眸也沒有絲毫波瀾。

「晁華一定會很失望吧。要是晁華變得討厭我，那都是妳害的。」

「晁華？」

「幫我取了名字的人。」

「……晁華即欒夕乎？」

香薔的眉梢微微一顫，說道：「不能說那個名字。」

「諱其名，故以字稱之？晁華乃欒夕之字？」

香薔露出一臉不悅的表情，仰望著她。壽雪勃然大怒，抓著香薔的衣襟用力搖晃。

「吾豈有過？至此諸事，豈非汝之過耶？」

將烏困於烏妃體內，將烏妃困於結界之中，始作俑者皆是香薔。若不是她，壽雪根本不必承受這些苦楚。

難以言喻的怒火，以及各種複雜的情感不斷湧上壽雪的心頭。烏妃們的痛苦……麗娘的痛苦與仁慈……

「麗娘……」

壽雪發出呻吟般的呢喃，放開了香薔的衣襟。就算再怎麼責備眼前之人，也沒有辦法消除麗娘所受之苦。一切的作為，都已沒有意義。

「汝囚烏於烏妃，囚烏妃於結界，是何居心？」

香薔一臉納悶地說道：

「當然是為了不讓她們逃走。就像小鳥、蟲子一樣，如果不關起來，她們就會逃走。」

香薔的口吻，彷彿在說著一件天經地義的事情。壽雪一時瞠目結舌，說不出話來。

「烏並眾烏妃之心，汝皆視為無物？」

壽雪目不轉睛地看著香薔。眼前這個少女，到底把人當成什麼了？

「要是逃走了，晁華會不開心。雖然我不會逃走，但我的後繼者就很難說了。我沒有辦法，只好把她們全部關起來。晁華曾經送我一隻鳥，我把牠從籠子裡放出來，牠馬上就飛走了。後來晁華告訴我，鳥一定要關在鳥籠裡，這都是晁華說的……」

「晁華命汝斷指為界？」

香薔沉默不語。

「晁華命汝困烏於己身，受盡折磨於朔？晁華命汝施禁術，操烏妃屍骨？」

「……」香薔瞪著壽雪，發出了不耐煩的咕噥聲。

「連妳也說跟晁華一樣的話。」

「……」

「我為晁華做了這麼多事，他卻從來沒有稱讚過我，還說不希望我做這些事。我知道他在說謊，晁華其實很希望我做，只是嘴上不說而已。我很清楚他要的是什麼，所以就算他不肯說出口，我還是願意為了他做任何事。因為這個人不管心裡再怎麼希望，也不會對我下命令。他還說，我已經不是奴隸了，所以我不用再聽任何人的命令，他也絕對不會要求我做任何事……」香薔以虛弱的聲音滔滔不絕地說著，同時不斷甩頭，視線左右飄移，顯露出極度的焦躁。

眼前這個女人到底是幾歲呢？壽雪看著香薔，心中驀然產生了這樣的疑問。剛開始的時候，壽雪以為她是個年紀和自己相仿的少女。但如今的香薔，看起來既像個佝僂老嫗，又像是個滿面風霜、受盡病痛折磨的四十多歲婦人。她的雙眸有如少女，皮膚卻乾裂且鬆弛。

「嗚嗚……嗚嗚……」香薔一面呻吟，身體一面左右搖擺。壽雪心中驚懼，不由得自她的身邊退開，香薔也隨之搖搖晃晃地站了起來。

「我因為施了禁術的關係，被神明憎惡，沒有辦法進入幽宮，只能在這個鬼地方東飄西盪……而且身體被砍成碎塊，和鹽混在一起，所以也沒辦法回到晁華的身邊……」

據說香薔死後，欒夕擔心她會復活，所以將香薔的屍體醢了。

「晁華……」香薔的手掌隱藏在黑衣的袖子之中，隨著身體的晃動，袖口不斷滴出鮮血，乍看之下有如淚珠。

壽雪不禁心想，看來這個女人的心裡除了晁華之外，當真容不下任何事物。晁華以外的任何人，在香薔的眼裡都與路旁的石塊無異。因此不論壽雪如何向她強調烏妃們心中的怨恚與痛苦，都無法撼動她半分。說到底，她根本無法理解石塊的感受。

——所以她什麼也看不見。

就連晁華眼中的事物也不例外。香薔根本不知道晁華的感受。

不管是過去的漫長歲月，還是未來永劫，香薔都只能在這一望無際的昏暗河面上，漫無目標地徘徊遊蕩，永遠沒有止歇的一天。這就是她必須遭受的懲罰。

「在晁華對我伸出援手之前，我一直過著不知道自己是誰的生活……」

雖然只是細語呢喃，但在這連潺潺流水聲也聽不見的死寂世界裡，香薔的聲音有如清脆的鈴聲一般清晰而響亮。

「我的父親偷東西被抓到，母親和我都受到連坐處罰，變成了奴隸……除非官府發出赦令，否則我們永遠都只能當奴隸。每一天，我們都只能拿著杵搗糙米……就算搗到磨破了皮，手上長出了水疱，也不能休息……妳知道嗎？罪犯只能穿紅色的衣服，所以我們每天都穿著紅衣，從早到晚不停地搗米，永遠沒有搗完的一天……除了烏之外，我沒有其他的說話對象。」

「烏……」

香薔停下腳步，轉過了頭來。

「每到夜晚，我就會聽見她的呼喚，從陰暗的角落傳來。那聲音只有我聽得見。烏每次和我說話都好開心，因為她終於找到可以說話的對象了……我、我也很開心……」

香薔垂下頭，似乎是回憶起了往事。

「但是……後來晁華來了，他救了我，我成了晁華最重要的人，所以我也把晁華當成最重要的人。不管晁華身邊有多少漂亮的妃子，就算晁華和那些妃子生了孩子，到頭來，就只有我才是晁華絕對不能失去的人。在晁華的心裡，只有我絕對無法被取代……不管我做什麼事，晁華都會原諒我。」

香薔忽然笑了起來，不知想起了什麼。壽雪暗想，不曉得她當年做了什麼可怕的舉動。雖然心裡納悶，但她並沒有開口詢問。

「所以不管晁華做了什麼事，我也會原諒他。他再怎麼討厭我，再怎麼害怕我，也不會離開我的身邊。」

不知何時，香薔竟來到了壽雪面前，壽雪大吃一驚，急忙向後退了一步。香薔伸出手，抓住了她的手腕。只剩半截的手指陷入她的肌膚之中，手指的傷口不斷有鮮血噴出。

難道她感覺不到疼痛嗎？壽雪心中又驚又疑。

「我為晁華做了那麼多事，真不曉得他為何這麼怕我。不只找來了一大群巫術師，蓋了一棟受鼇神庇佑的殿舍，還把我的屍體和鹽混在一起……我不顧一切幫助他，甚至不惜犧牲了自己的手指頭。我後來會死，說到底也是因為這個傷的關係……沒想到他卻把我的屍體……」香薔的雙眸散發出異樣的神采，骨瘦如柴的臉孔有如骷髏般駭人。

——怪不得晁華會害怕這個女人。

香薔這種一廂情願的性格，正是令晁華感到恐懼的主因吧。畢竟晁華的心中，多半並沒有「為達目的不擇手段」的念頭。何況香薔的所作所為，只是「香薔認為對晁華有利」，而不是「晁華認為對自己有利」。

晁華救了香薔，所以香薔對晁華景仰愛慕，願意為晁華做出任何犧牲，就像是跟在母鳥身後的雛鳥一般。在香薔的心目中，晁華的地位或許就像神一樣。但是被當成神一般膜拜的感覺，恐怕相當不好受。

「晁華也真是的……明明是那麼厲害的人……當初剛相遇的時候，明明是個天不怕地不怕的男子漢……」

香薔的雙眸雖然映照出了壽雪，但她的眼裡根本沒有壽雪、甚至任何事物的存在。壽雪向後一縮，甩開了香薔的手。

——沒時間聽她說這些永無止境的瘋話。

壽雪環顧四周。根據香薔的說法，這裡是迴廊星河。香薔因為遭幽宮諸神排拒在外，所以只能在這種地方遊蕩。那自己呢？為什麼自己會來到這個地方？

「妳沒有死，所以靈魂不會進入幽宮。」

香薔彷彿看穿了壽雪心中疑問，忽然如此說道。

「除非受到人世間的親人呼喚，否則妳永遠沒辦法離開這裡，只能像我一樣在這裡不停地走來走去。」

親人？

——自己根本沒有親人……

壽雪驀然感覺到一股寒意自指尖擴散至全身。難道自己得像香薔一樣，永世在這種地方徘徊嗎？

香薔再度伸手，抓住了壽雪的手腕。

「我感覺得到，妳的身上流著晁華的血脈。」

香薔的臉上忽然張開了血盆大口。壽雪心中驚懼，半晌後才察覺她在笑。那是多麼令人不寒而慄的笑容！

「既然如此，妳就和我在一起吧。」

香薔的手指徹底陷入了壽雪的皮膚之中，濕滑的鮮血沿著手掌滴落。壽雪打了個哆嗦，拚命想要甩脫香薔的手。這一甩，香薔的手登時鬆脫，同時她的身體微微傾斜。壽雪急忙轉身奔逃。

「這裡是新生命的誕生之地……」

背後響起了香薔的聲音。那虛弱卻清亮的聲音鑽入了壽雪的耳中。

「晁華的新生命，終究會漂到這裡來。」

那聲音是如此興奮而雀躍。

「我一定能夠認出他來。到時候，我會把他牢牢抓住，再也不放開了。」

高亢的笑聲迴盪在整個河面上。那宛如鳥鳴的笑聲久久不曾止歇，餘音彷彿纏繞住了壽雪的身體。她再也不敢回頭看一眼。她明明全身幾乎凍僵了，卻又不住冒出涔涔汗水，身體的每一寸肌膚都在打著寒顫。就在這一刻，壽雪徹底見識到了香薔的執著。正是這股可怕的執著，在漫長的歲月裡囚禁了烏及烏妃們。

驀然間，壽雪感覺自己的腳踩進了泥淖之中。她才剛驚覺不妙，小腿以下都已陷入了泥中。河川的底層似乎是極深的泥漿，想要將腳拔出來，身體反而陷得更深了。

壽雪拚命掙扎，但越是掙扎，身體越是下沉，轉眼間泥層已到了腰際。

——再這樣下去，可能會溺死！

不，如果繼續下沉，下場可能不是溺死，而是在泥漿中窒息而死。

壽雪舞動雙手，不停撥水，雖然水花四濺，身體卻沒有上浮的跡象。又過一會兒，壽雪只剩下頭部還露出水面，河水逐漸淹沒臉頰，流入了口中。

——為什麼會死在這種地方？

以這樣的形式死去，也算是「死」嗎？

壽雪的頭部也沒入了水中。水面下一片漆黑，伸手不見五指，此時，她的腦海不知為何浮現了一名年輕人的臉孔。壽雪在心底發出了無聲的叫喚。

「高峻！」

在這個時候，如果能聽見他的聲音就好了。高峻的聲音，總是能讓自己產生不可思議的感覺。

只要高峻呼喚，自己願意陪著他前往天涯海角。

壽雪閉上眼，伸出了手。明明身體不斷往下沉，卻有一種正在上升的錯覺。此時的壽雪已分不清上與下，感受不到身體的輪廓，不知道手腳在哪裡。身體動彈不得，彷彿正在逐漸溶解、消逝。一切馬上就要消失了，就連自己的名字也逐漸變得模糊。

不知何處傳來了聲音。眼前漆黑一片，卻有聲音迴盪其間。

「壽雪……壽雪……」

那聲音在呼喚著自己的名字。如此平靜，如此沉穩而熟悉。彷彿在冰冷的世界中，落下了一顆微弱而柔和的太陽，散發著若有似無的暖意……

——沒錯，自己的名字是壽雪。

原本已溶解的心靈，開始重新凝聚。回想起了身體的輪廓，手指可以動了，同時感受到了睫毛的輕顫。

壽雪睜開了雙眼。

「壽雪。」

首先映入眼簾的是高峻的臉孔。高峻凝視著壽雪，表情似乎有些吃驚，但他向來是個喜怒不形於色的人，壽雪難以判斷他此刻的心情。壽雪再度眨了眨眼睛，緩緩環視左右。

——這裡是夜明宮？

自己正躺在床上，旁邊有九九、溫螢、淡海及紅翹，唯獨不見衣斯哈。除了這些人之外，床旁竟然還站著衛青，而且他竟還握著自己的手。壽雪嚇得腦袋一片空白，連該問什麼都不知道了。

衛青似乎察覺了壽雪的反應，不悅地皺起眉頭，放開了相握的手：「好像醒了。」

「壽雪，妳醒了？」

高峻問道。

「焉能有此事……莫非吾仍未醒？」壽雪一頭霧水地說道。

高峻聽到壽雪這句話，不知為何反而露出鬆一口氣的神情。

「吾何故在此……？」

「妳打破了香薔的結界與禁術之後，心被推出了體外……這是梟說的。」

「梟……」

「所幸烏施了術法，再加上青的協助，才把妳的心喚了回來。」

「烏何故……且慢，汝言衛青相助？」

高峻轉頭望向衛青，衛青臭著一張臉，不發一語。壽雪按著額頭，仰望天花板，細細回想醒來前的記憶。

——當時在星河迴廊，遇上了香薔……

香薔曾說過，除非親人呼喚，否則絕對無法回來。

「……香薔於星河迴廊曾言，若無親人呼喚，吾必不得歸……」

衛青咂了個嘴。壽雪轉頭朝他問道：

「汝何故咂嘴？」

衛青沒有答話。

「昔日汝曾問吾母之名，卻是何故？」

「……我的母親生前也是風塵女子。」

衛青一臉不滿地開口說道。

「有個男人原本說要幫她贖身，最後卻將她拋棄，令她憤而自戕。那個敗類就是我的父親，也是妳的父親。」

壽雪在腦中試著理解衛青這番話。

「吾父之事，吾尚且一無所知。」

「妳不必知道，事實已經擺在眼前。」

衛青不耐煩地說道。

不是親人，沒有辦法將壽雪從迴廊星河喚回……既然她回來了，答案就只有一個。壽雪以難以置信的眼神望向衛青，只見後者臉上的表情越來越臭。壽雪見了他那表情，心中也有些惱怒。不管再怎麼樣，也不必露出那種表情吧？雖然她此時還有些搞不清楚狀況，但已暗自下定決心，絕對不承認衛青是自己的哥哥。

「既然已達到目的，這件事以後請不必再提起。畢竟我們的母親不同，我也不打算跟妳玩什麼兄妹遊戲。」

「吾正有此意。」壽雪應道。

「言歸正傳……」壽雪以手撐著床板，想要坐起上半身，九九趕緊過來攙扶。或許是因為身與心尚未完全契合，壽雪感覺有些使不出力氣。試著將手掌開開闔闔了好一會兒，感覺才逐漸恢復。

「烏在何處？烏既助汝等將吾喚回，當可與汝等對語？」

「妳的心不在體內的時候，妳的身體是由烏掌控，當時我們可以和她交談。」
壽雪低頭看著自己的身體。身體受到掌控？如何掌控？
「我們和她約定，要幫助她找回半身。」
「……」
壽雪望向自己的手掌。此時烏想必還在自己的體內吧。封一行曾經說過，烏妃是烏的巫覡，能夠與烏交談。但直到此刻，壽雪還是不知道該怎麼做。
「為了尋找半身，朕已派千里及之季前往界島。」
「千里亦往？」
「千里熟知古代的傳承故事，應該會有些幫助。」
「此言亦是有理。」
但千里體弱多病，壽雪擔心他抵受不了冬季的海風。
「對了，妳是欒氏後裔的事情已經傳開了。」
高峻一如往昔說得輕描淡寫，壽雪因此一時會意不過來。
「……何事傳開？」
「或許妳不記得了，當時很多人看見了妳的頭髮顏色。」

壽雪一聽，吃驚地伸手在頭上一摸，頭頂並沒有綰髮髻。抓起下垂的髮絲一瞧，果然是銀白之色。壽雪霎時臉色大變，不知該如何是好。高峻卻依舊神色自若，言語如故。

「關於這件事，朝廷已做出了決議。對妳並不實施任何處罰，另新設一使職，專司祭祀，名為祀典使，由妳接任。」

高峻說得過於言簡意賅，壽雪聽完後整個人傻住了。高峻的表情從頭到尾都很平淡，沒有任何變化。她目不轉睛地看著高峻，暗自沉吟。

——要促成這件事，絕對沒有那麼簡單。

雖然高峻的口氣只像是在說明一件水到渠成的事情，但過程絕對不輕鬆。高峻不知費盡了多少苦心，不知獲得了多少人的幫助，才得以實現這件事。

壽雪暗自想像高峻為這件事付出的心血，不由得心情激動，一時說不出話來。

「多虧了千里與行德幫忙說話，還有花娘的功勞也不小。」

「……吾全然不知……」

「對了，還有青也幫了大忙。」

「小人只是為大家辦事，並無他意。」衛青冷冷地說道。

高峻不禁苦笑起來。

「……吾當言謝……」

「如果妳要道謝，可以寫一封信給千里……」

「非也……」

壽雪感覺喉頭彷彿鯁了一根刺，半晌後才接著說道：「非謝他人，但謝汝耳。」

高峻凝視著壽雪，好一會兒後才說道：「不必向朕道謝，朕這麼做並不全是為了妳。」

高峻臉上依然是一副淡然表情。但他旋即移開視線，以遲疑的口吻說道：「不過……」

「不過？」

「我們的棋局還沒有結束。」

「棋局……啊……」

壽雪登時醒悟，高峻指的是兩人以書信往來的方式下的那盤棋。

「繼續下吧。」高峻的口氣簡直像個孩子。他從來不曾提出任何要求，或許根本不知道這種時候該怎麼說才好。

「唔……」壽雪也不知道這種時候該如何回應。

「……善。」最後也只應了寥寥一語，點了點頭。

高峻的眼神變得柔和，嘴角微微揚起了笑容。

強勁的海風不斷自耳畔穿梭而過。白雷站在山崖上，遠眺大海。今天的風浪不小，大小船隻都停泊在碼頭，沒有一艘船準備出海。畢竟討海人最怕的就是遭遇船難，船隻可能會在港邊停靠好幾天，直到風浪轉為適合航行為止。附近小鎮上的青樓，此刻應該湧入了大量的水手吧。

「叔叔。」

少年的呼喚聲，讓白雷轉過了頭。只見衣斯哈站在眼前，手中握著一株藥草。

「這就是黃連嗎？」

黃連的根莖可以製作成胃腸藥，此外還有止血、消炎等功效。

「沒錯，要把根也挖出來。」

「好。」衣斯哈老老實實地點了點頭。

此時衣斯哈的上半身穿著麻衣，腰上繫著粗繩，下半身穿著短袴。那是海燕子的服裝。

「阿俞拉呢？」白雷問道。

衣斯哈指著崖下的沙灘說道：「在撿貝殼。」

白雷嘆了口氣。

「在這一帶就算撿了貝殼，也沒辦法賣錢。」

這句話已不知告訴她多少次了。

「阿俞拉很擅長找出漂亮的貝殼，孩子們都很開心。」

「真的想要幫助孩子們，應該多摘一些藥草。」

「這個我來吧。」

衣斯哈是個相當認真的少年。阿俞拉經常偷懶不做事，衣斯哈則幾乎做了兩人份的工作。兩人情同姊弟，弟弟勤奮工作，姊姊則經常發呆。

白雷與衣斯哈揹起藥草簍，走下了山崖。陡峻的山崖正下方就是一大片沙灘，山崖的底部有好幾個海蝕洞窟，每個洞窟的洞口都掛著草簾。白雷掀開一面草簾，走進了洞窟內。裡頭擺著大量的陶甕及竹簍，最深處坐著一名少年，正拿著藥杵搗藥。

少年抬頭問道：「找到了嗎？」

「嗯。」衣斯哈放下藥草簍，走向少年。

少年從簍中取出黃連看了一眼，拿起身後的另一只簍子，遞給衣斯哈。「都放在這裡頭。」黃連必須除去細根後曬乾。

「海上風浪如何？」

回答這個問題的是白雷：「船隻大概還會有兩三天沒辦法出港吧。」

「這可有點反常。現在應該是界島一帶風浪最小的時期才對。既然沒辦法出海捕魚，除了製藥之外，也沒有其他事情可以做。」

少年的族人，是有如候鳥般在各海域往來遷徙的漂海民，俗稱「海燕子」。漂海民通常都是在海上搭建小屋生活，但是到了像界島這種大型船隻頻繁進出的港口，有時也會搬到陸地上居住。這一帶的海蝕洞窟，在漂海民的眼裡是絕佳的天然居所。

這名少年屬於漂海民中的蛇古族❶。他就是當初遭一群孩子們圍毆，蒙白雷出手拯救的漂海民孩子，名叫那它利。

人生在世，沒有人知道自己未來會在哪裡，遇上什麼樣的人。

隱娘（阿俞拉）與衣斯哈在鰲枝殿遭鼇神擄走之後，漂流至京師附近的河岸邊，蒙白雷救起。事實上白雷很清楚鼇神擅長以河水、池水或海水為媒介，因此推測兩人既然遭鼇神擄

1　譯註：「蛇古族」一詞在第四集中誤植為「蛇骨族」，特此更正。

走，很可能會在水邊出現。白雷在京師附近的河岸及池岸到處尋找，果然找到了兩人。

當時羽衣也在河岸邊。身為鼇神「使部」的羽衣，向白雷下達了鼇神的命令：「前往界島。」白雷於是帶著阿俞拉與衣斯哈來到界島，在這裡遇上了那它利。

白雷是那它利的救命恩人，因此在界島的這段期間，三人隨著蛇古族一同生活。剛開始的時候，衣斯哈很想回到烏妃的身邊，但白雷沒有答應。

這當然是基於鼇神的命令。

「神說烏的半身就沉在這附近的海裡，要我們把它找出來。」

阿俞拉傳達了鼇神的指示。

「神還說，如果我們沒找到，會把我跟衣斯哈吃掉……」

白雷暗想，鼇神採取這麼極端的作法，應該是被逼急了吧。烏射出的那一箭，很可能已經讓鼇神受了傷。但正因為受了傷，才更加危險，就好比一頭受了傷的猛獸。

此時白雷的心情，正如同飼養了一頭隨時不知會做出什麼舉動的猛獸。

——或許會被吃掉的人是我。

白雷心裡想著。

渡洋而至

「烏妃娘娘醒了？」

弧矢宮內，羊舌慈惠對著高峻說道。

「那真是太好了。」

「是啊。」高峻淡淡地說道。

「在這件事情上，微臣沒有尺寸之功，實在汗顏。」

「不，你在朝議上的言行，可說是非常明智。」

當時若慈惠為壽雪求情，明允肯定不會善罷甘休。但如不發一語，也容易引人猜疑。

慈惠一聽，臉上流露出一抹苦笑。

「再過幾天，消息應該就會傳到北方邊境了。」

「大雪不會阻礙消息的傳遞？」

「應該會，但不至於完全阻斷。畢竟北方邊境和其他地區還是有著鹽、毛皮等物資的往來交易。」

欒氏一族發跡於北方山脈，因此這個地區的部族大多對欒朝抱持好感。這次的事情傳到北方山脈後，會引發什麼樣的效應，值得密切關注。

「朕已經下令該地的官府及節度使提高警戒，但是……」

在這大雪封山的冬季，實在難以掌握北方山脈的內情。

「北方山脈的部族，自古以來便與我羊舌氏有著頻繁的往來。我們要製鹽，必須仰賴來自山上的木材，以作柴薪之用。古代每到春季，融化的雪水匯入河川，部族的人就會把砍伐下來的木材拋入河中，使其順流而下，直達解州海岸。現在的作法已跟古代不同，他們改用船運了。他們提供木材給我們，我們則提供山上無法取得的鹽給他們。我們羊舌氏一族，與北方山脈的部族，一直處於這種互利共生的關係。」

慈惠頓了一下，接著說道：

「然而最大的麻煩，就在於北方山脈的部族非常多。與我們羊舌氏有交情的，只是其中一、兩支部族而已。因為陛下約束了洞州的踏鞴眾，這一、兩支部族的人都很感謝陛下的恩德。但是其他部族的情況，可就沒那麼單純了。有些部族表面上互相敵對，其實私底下有合作關係，有些部族的情況則是完全相反。」

慈惠再三強調北方山脈的部族是非常棘手的問題。各部族之間，往往會因為狩獵地盤、山林所有權等問題而發生糾紛。而且這些部族不喜歡溝通與妥協，他們大多傾向於以武力擊敗對手，使其成為己方的從屬勢力，藉此擴大部族的勢力範圍。在歷經了反覆的鬥爭之後，檯面上只會剩下幾個強盛的大部族。大部族之間通常不會貿然開戰，會以通婚的方式維持表面的友好關係，但實際的關係是否友好，則難以判斷；相反的，有些部族之間處於敵對關係，私底下卻會互相傳遞消息。靠著這些複雜的關係，各部族互相牽制，形成勢力均衡。外人要摸清楚部族之間的關係，當然更是難上加難。

慈惠對著高峻侃侃說道。

「陛下，您可知要發動叛亂，最重要的是什麼？」

他的口氣不像是提問，反倒像是在確認高峻的想法是否和自己相同。

「錢吧。」高峻回答。

慈惠深深點頭，接著說道：

「壯大聲勢並不難，只要煽動民眾即可。但沒有錢，聲勢就無法維持。不管是要取得武器，還是要取得糧食，都需要龐大的資金。更何況要長期維持，資金的消耗更是驚人。所以要發動叛亂，先決條件是必須找到富商大賈或豪門望族作為後盾。」

古代欒氏舉兵，正是有鹽商羊舌氏作為後盾。

「現在若有人想要在北方山脈舉兵造反，鹽商絕對不會出錢。因為鹽商並沒有推翻朝廷的動機。何況如果真的有這樣的圖謀，微臣一定會聽到風聲。至於其他商人，雖然動靜難以掌握，到考量利弊得失，應該不會有商人敢貿然與叛亂勢力聯手……比較令人擔憂的，應該是豪門望族。」

「……例如賀州的動向，你怎麼看？」

慈惠皺眉說道：「陛下指的是沙那賣家嗎？如今鶴妃娘娘懷了皇子，照理來說沙那賣家應該沒有理由造反才對。」

「不，朕擔心沙那賣家的真正目的不是造反，而是趁機根除欒氏的最後血脈。為了達到這個目的，可能會在暗中煽動。依朝陽的性格，恐怕不會放過這個好機會。」

倘若有人打著中興欒朝的口號舉兵，只要殺死壽雪，造反的聲浪就會自然消滅。但反過來說，這也意味著不管騷動是大是小，只要一有類似的風吹草動，高峻就非處死壽雪不可。

「原來如此……」慈惠將雙手交叉在胸前，沉吟道：「沙那賣家可能會為了陛下著想而暗中策劃這種事。」

「朕已經派這陣子住在京師的沙那賣家長子回賀州，打探家族動靜。」

「沙那賣家長子……？」

慈惠一拍膝蓋，說道：「有道理，聽說沙那賣家父子不睦，正好可以設法拉攏。」

高峻微微點頭。慈惠接著說道：

「最重要的是讓各方勢力不敢輕舉妄動……好，賀州就交給沙那賣家長子去處理，至於北方邊境一帶，就交給微臣吧。」

「不，你一動，恐怕會被誤會有謀反企圖。」

朝廷之中還有很多人不相信慈惠。要是一個不慎，傳出「羊舌慈惠與北方部族共謀叛亂」的謠言，事態將會難以收拾。

「既然朝廷中還有人懷疑微臣，這代表北方部族應該也會以為微臣有反叛之心。這反而方便微臣見機行事，暗中打探北方部族的動向。請陛下不用擔心，像微臣這樣的老狐狸，腳底抹油的速度可是比誰都快。」

慈惠發出了爽朗的笑聲。

銀白色的秀髮在晨曦中熠熠發亮。每用梳子梳過，光芒便輕舞翻飛，有如反射著陽光的漣漪。壽雪看著鏡子裡的自己，蹙眉說道：

「今日當染黑。」

正在為壽雪梳頭的九九說道：

「哎喲，為什麼要染黑？太可惜了！」

「光耀奪目，使吾心神不寧。鏡中之人，吾幾不識。」

染髮這麼多年，如今看著自己的銀髮，反而極不習慣，幾乎不認得鏡中的自己。

「現在終於可以不用染髮了，就先維持一陣子嘛！或許過幾天就適應了……」

九九一如往昔以熟稔的動作捲起壽雪的秀髮，結了髮髻。「簪跟步搖該選哪一支呢？這些都是搭配黑髮用的……」九九一臉懊惱地拿起了一支髮簪。

「既是如此，當即染黑……」

「玉簪如何？」

旁邊突然傳來了聲音。轉頭一看，原來是淡海將頭探進了帳內。「例如翡翠簪子，應該就挺合適吧？」

「淡海，娘娘可還沒梳妝打理完呢。」

「反正已經換好衣服了，應該沒差吧？」

淡海大剌剌地走進帳內，站到了壽雪身後，並從擺滿了簪的妝奩中挑了一支雕花翡翠簪，滿意地說道：「這支就挺不錯。」

「這支紅珊瑚玉，不也很好嗎？插在娘娘的髻上，就像是白雪中的一朵紅山茶。」

「噢，那也行。」

兩人拿起一支支髮飾，在壽雪的頭髮上比來比去。她越等越不耐煩，心裡只想著什麼簪都好，趕快插上去就對了。驀然間，壽雪朝帳簾瞥了一眼，察覺帳外似乎有道人影。雖然只隱約看得出身形，但那體格應該是溫螢沒錯。

「喂，溫螢，你覺得哪支好？」淡海拿著髮簪，朝帳簾的方向喊道。

那人影伸手要拉帳簾，遲疑了一下，又將手放開。

「這傢伙真不是普通麻煩。」淡海大跨步走了過去，粗魯地將帳子拉開，帳外果然站著滿臉憂鬱的溫螢。淡海拉著他的手臂，來到了壽雪身邊。

——對了，從醒來之後，還沒有好好和溫螢說過話呢。

壽雪是昨晚才醒來，雖然這段期間發生的事情已經聽高峻大致說明過，但光是理解事態就已耗去她大部分精力，根本沒有時間好好關心周圍的人。

此刻壽雪仔細打量溫螢，才發現他顯得無精打采、意志消沉。

「……何事悲愁若斯？」

壽雪這麼一問，溫螢臉上的落寞之色反而更濃了三分。

「這傢伙埋怨自己沒保護好娘娘，這段期間一直是這副德性。」

淡海代替溫螢說道。

「香薔禁術非凡人可敵，汝等實莫可奈何，何必自責如此？」

「話是這麼說沒錯，但這傢伙就是死腦筋。」

壽雪歪著頭略一思索，朝溫螢招招手。溫螢在壽雪的身旁跪了下來。

「汝不能為吾更衣。」

「……是的。」溫螢瞪大了眼睛，露出一頭霧水的表情。

「汝不能為吾結髮。」

「是的。」

「吾於更衣結髮時，身體髮膚損傷，與汝無關，何來之過？」

溫螢聽懂了壽雪的言下之意，面色轉為凝重。

「香薔之事，其理亦同。」

「……是的，娘娘。」

溫螢垂下了頭。

「只要娘娘點頭，娘娘的更衣結髮，我也可以一手包辦。」

淡海在一旁插嘴。

「那可不行。」九九瞪眼說道。

「我是要娘娘點頭，不是要妳點頭。」

「溫螢哥的話，或許可以，你的話絕對不行。」

「我跟溫螢有什麼不同？」

「全部。」

「哎，這裡可真熱鬧。」

外頭傳來清脆的說話聲。九九與淡海轉頭一看，皆慌忙跪了下來。原來花娘帶著一眾侍女及宦官，已來到門口。

「阿妹，我聽說妳醒了，等不及想見妳，一大清早就來叨擾。」

花娘果然是個消息靈通的人。

「吾正欲往鴛鴦宮訪汝。」壽雪說道。

「我正是這麼猜想，所以早一步先來了。」花娘笑著說。

「妳好好休息一陣子，別勉強到處走動。」

壽雪心想，自己並無病痛，何必小題大作。但轉念又想，此時的自己確實不適合到處走動，以免又惹出不必要的謠言。

「話說回來……」

花娘瞇起雙眼，凝視著壽雪。

「妳的銀髮美得有如陽光下的新雪，讓我更想好好幫妳打扮一番了。」

花娘這句話一說完，站在後頭的侍女旋即捧著托盆走上前來，盆內擺著一件鮮青色上衣。花娘拿起那上衣，在壽雪的面前攤開。鮮青色的錦布上繡著的是雙魚蔓草紋。

「雖然這錦布的鮮豔，與這刺繡的華美，都比不上阿妹的銀髮，但用來襯托妳的美，倒也別有一番雅致。」

花娘將那上衣掛在壽雪的肩頭，轉身又從另一名侍女的托盆中拿起了幾件髮飾。那是銀質的簪與步搖，上頭鑲著深青色的玉石。

「還有……這幾件是鶴妃送的，這邊這對耳飾是鵲妃送的，她們都很想來見妳呢。」

花娘親自將髮簪插在壽雪的髮髻上，笑著說道：「嗯，非常適合妳。」

「……感激不盡。」

這句道謝，當然並不是為了回應花娘的讚美。雖然簡短，卻是充滿了深深的謝意與敬畏之心。如果不是深謀遠慮且仁慈善良的花娘出手相助，此刻壽雪恐怕已被帶往刑場了。當然除了花娘之外，還有許多必須道謝的對象。

花娘聽見壽雪道謝，只是淡淡一笑。

「我先告辭了，請好好靜養。」

最後花娘說完這句話，便飄然離去。

——如何才能報答花娘的恩情？

壽雪望著花娘的背影，心裡如此想著。如何才能報答花娘及其他人為自己所做的一切？

✿

這天入夜之後，高峻悄然來到，身邊只帶了衛青一人。壽雪一顆心七上八下，不知該如何面對衛青。九九得知衛青是壽雪的同父異母兄長時，先是吃了一驚，接著卻又說了一句「怪不得」。壽雪不禁暗想，到底是怪不得什麼？

壽雪坐在槅扇窗旁的椅子上，盡可能不與衛青四目相對。桌上早已擺好了棋盤。高峻今日夜訪夜明宮，只是為了下棋而已。

壽雪在盤面上下了一子，心裡想到今天沒辦法求助於千里，忍不住發問：

「千里已至界島乎？」

「差不多該傳來消息了吧。朕一接到消息，立刻會通知妳。」

高峻隨手下了一子，彷彿完全沒有思考。他下棋的速度還是一樣快。

「妳放心，界島有市舶使接應著。」

「市舶使？」

「簡單來說，就是負責管理貿易的人。界島是貿易的玄關大門，官府設有市舶司，司長稱市舶使。就跟鹽鐵使一樣，可由朕決定人選。現在的市舶使是馮若芳，他是個懂得臨機應變的人，應該能提供適當的協助。」

「噢……」異國之間的貿易往往會有很多意料之外的插曲，負責管理的人必須要有臨機應變的能力。

「吾亦當速往界島。」

雖然高峻等人推測烏的半身沉於界島周邊海域，但並無明確的證據。何況根據文獻記載，烏的半身化成了「黑羽刈刀」，要在汪洋大海中找到一把黑刀，可說是難上加難。再者，海底到底有沒有這把刀，只有烏才知道，因此壽雪無論如何必須親自前往界島才行。事實上依照眾人當初的計劃，壽雪本來就應該在打破香薔結界後動身前往界島。

「不，先等候千里與之季傳回消息，再決定也不遲。沒有打探清楚界島一帶的狀況就出發，就像是不帶武器上戰場。」

高峻是個做事相當謹慎的人。雖然界島並不是什麼危險地帶，但那是對凡人而言。壽雪及烏前往界島會不會有什麼風險，目前還是一無所知的狀態。

「鼇神與白雷的動靜，也讓朕有些擔憂。」

「嗯……」

——不知衣斯哈是否平安？

白天的時候，壽雪取來衣斯哈殘留在被褥上的頭髮，試著尋找衣斯哈的下落，但到頭來只能追到鰲枝殿而已。

「此外還有沙那賣的動靜，不曉得朝陽會採取什麼樣的行動。」

「唔……」壽雪忍不住咕噥。需要考量的事情實在太多，不能貿然行事。

「朕已經派晨回朝陽的身邊，這方面也是在等候消息。」

「晨……沙那賣長子？」

鶴妃晚霞曾形容這個大哥是個「高傲」的人，但是在壽雪看來，晨並非「高傲」，而是過度在意身為沙那賣家族繼承人的尊嚴與重擔。

壽雪目不轉睛地凝視著高峻。這許多事情，在自己想到之前，高峻竟早已打理好了。

「不管發生什麼事，至少晨會站在妳這一邊。」

「……但願如此。」

壽雪心想，自己與晨只見過一、兩次面而已。就算晨與父親朝陽不睦，也不能保證晨會為了自己這個外人而反抗父親吧？為什麼高峻對這一點顯得如此有自信？

「不下嗎？」

「咦？」

高峻指著棋盤說道：「輪到妳了。」

「既然議事，何能弈棋？望汝少待。」

壽雪一邊埋怨，一邊對著棋盤皺起了眉頭。高峻只是靜靜地看著，不發一語。半晌之後，壽雪在咕噥聲中下了一子，高峻於是也下了一子。高峻再也不說一句話，壽雪也只是偶爾發出「嗚嗚」、「啊啊」之類充滿懊惱的聲音，不再開口說話。房間裡除了落子聲之外沒有半點聲響，這是一段多麼靜謐而祥和的時光。

高峻在棋盤上雖然一直占上風，但也沒有趕盡殺絕。你來我往之中，盤面逐漸被雙方的棋子填滿。壽雪心裡不禁有些遺憾。這棋盤如果能夠再大一點就好了……這麼一來，這盤棋就不會這麼早結束……

兩人下完棋的時候，天色已接近破曉。這盤棋壽雪並沒有認輸，一直堅持到了最後。雙方數子，是壽雪贏了。

在天空尚未泛起魚肚白的昏黑夜色中，高峻踏上了歸途。以時間來看，高峻回去之後恐怕沒有時間睡覺，就得趕赴朝議了。雖然高峻神色如常，臉上並無倦意，壽雪還是有些擔心。壽雪躺在床上，愣愣地凝視著天花板。

——找到烏的半身之後……

當烏取回了她的半身，壽雪就能獲得自由。

——屆時自己該何去何從？

直到不久之前，壽雪能夠選擇的路只有一條，那就是逃往外國躲避紛爭。除此之外，壽雪沒有其他路可以走。

但如今，壽雪是欒氏後裔一事已不再是祕密。而且是以震驚世人的方式，在所有人的面前揭露。

在這樣的狀況下，倘若自己逃往國外，恐怕會讓高峻難以向世人交代。

高峻特地為自己新設了一個「祀典使」的職位。接下這個職位，會是比較好的選擇嗎？不，這也不妥。就算短時間之內沒有任何問題，自己在這個職位上也沒有辦法長保安泰。自己的立場就像是安定不下來的鐘擺，隨時可能惹出麻煩。一旦出了問題，高峻又得為了拯救自己而想盡各種手段。

壽雪閉上雙眼，嘆了一口氣。

就在這時，不知何處傳來了聲音。

「壽雪。」

嗓音聽起來是個少女，口氣卻帶著三分倦懶。壽雪聽不出那聲音來自何方，彷彿是在四面八方的黑暗空間中同時響起。

「壽雪……妳能為我找到半身嗎？」

少女的聲音帶著一抹不安。壽雪回想起了香薔說過的話。每到夜晚，就會從陰暗的角落傳出呼喚聲。

「烏？」壽雪問道。

「沒錯。」那聲音回答。

——原來烏的聲音是這樣。

那聲音如此無助，且充滿稚氣。壽雪原以為烏的聲音應該會相當可怕，令人毛骨悚然。

「吾必為汝覓得半身。」

「在哪裡？」

「界島。」

烏沉默不語。

「若至近處，汝可感知半身所在？」

「可以，那是我自己的身體……」

「若覓得半身，汝可離吾自去？」

「當然。」

——既然如此，總之先盡全力把半身找出來再說。

找出半身，並且決定未來要走的路。

「界島是……邊界之島。」

烏悄聲說道。那聲音彷彿融入了黑暗之中。

「邊界之島？」

「幽宮與樂宮的邊界……兩宮各有地盤，我最多只能到界島，不能再過去了……一旦越界，就會遭到責罵。」

「遭何人責罵？」

「樂宮那些傢伙。當初和白鼉打架時，我被罵了好幾次。」

「唔……」

原來神明也有各自的地盤。壽雪感到有些意外。

「人可往來，神不得入，趣甚。」

凡人往來各地是為了貿易，神明應該沒有這種需求吧。

「汝曾與鼇神相鬥，沉伊喀菲島，彼時亦曾見責於樂宮諸神？」

「被罵慘了……」烏以一副沮喪的口吻說道。

壽雪輕輕地笑了起來。沒想到竟然還能與烏像這樣交談，這帶給壽雪一種難以言喻的奇妙感覺。

「這次取回半身，我再跟白鼉打架時，一定會小心別再闖入樂宮地盤。」

「……」

壽雪一聽，臉上的笑容登時僵住了。

「汝尚欲與鼇神相鬥？」

「嗯。」

烏的態度彷彿在說一件理所當然的事情。

「這次我一定要打倒白鼇。」

「此舉萬萬不可。」

當年打沉了一座島的戰鬥，這次如果完全在幽宮的地盤內再次重現，霄國的國土必然會蒙受毀滅性的損害。

「汝欲亡霄國耶？」

「……我沒有打倒白鼇，就會被他打倒。他可是恨我入骨。」

根據高峻的轉述，烏與白鼇的紛爭起因於他們互相殺了對方的「巫」。這一場神明之間的大戰，難道註定無可避免嗎？

——該怎麼辦才好呢？

壽雪憂心忡忡地看著天花板。

數日之後，之季與千里傳回了消息。除了上呈高峻的文書之外，千里還寫了一封信給壽雪。壽雪展文一讀，心中登時湧起一股暖意。千里的文字依然是如此穩健而明快。

微臣本擔心冬季的海風必然寒冷刺骨，沒想到界島氣候宜人，比京師溫暖得多。微臣打算撿些海邊的貝殼，送給娘娘當伴手禮……

要從京師前往界島，必須搭船沿水路❶南下，由水路出河口，再由河川出海口，沿著海岸南行。抵達了界島對面的皐州港口，再轉搭往來界島與皐州之間的渡船。多虧有了水路，現在前往界島不必在海上繞一大圈。除非天候太差，否則通常五天就能抵達。

在水路竣工之前，要前往界島通常只能走海上的航線，這些航線大多相當危險，船難時有所聞。主因在於航線上存在著大大小小的島嶼，海流相當複雜，有些地方的海流甚至有如

1 運河。

溪水一般湍急。而且沿線上的港口不多，當船隻遇上天候惡化時，往往來不及進入港口躲避風雨。因為這個緣故，當時船隻出航通常相當謹慎，為了等候合適的風浪及潮汐狀況，總是必須在港口耗上非常多日子。

即便如此，當時的船隻往來還是相當頻繁。因為界島是貿易之島，所有透過貿易取得的貨物，都必須送往本土，當必須輸送的貨物相當多時，走海路還是會比走陸路方便得多。

據說當時海邊的居民們每天都在期待有遇上船難的船隻漂流至附近的海岸，因為可以撿到各種來自異國的稀奇物品。類似這樣的風土民情，之季在搭船前往界島的途中聽水手們說了不少。

隨著船隻不斷南行，之季感覺到拂上臉頰的風越來越溫暖而潮濕。到了搭上航往界島的渡船時，甚至已經可以脫掉披在長袍上的外套了。

「我本來以為冬天的海風一定非常寒冷，看來是我杞人憂天了。」

千里的臉上帶著鬆一口氣的神情。除了體弱多病之外，之季幾乎對千里這個人一無所知。聽說前陣子在朝議上，千里靠著三寸不爛之舌說服了明允，救了壽雪的性命。或許是因為身材削瘦的關係，千里這個人的外表看起來就像明允一樣小心謹慎。但是實際聊過之後，之季發現千里是一個非常隨和、穩重的男人。

高峻向之季下達的旨意非常單純，卻也非常模糊。

——跟隨冬官前往界島。

這顯然是要之季擔任千里的輔佐者。問題是千里去界島要辦什麼事情？

——調查關於海底火山的傳說。

這是千里的回答。

之季聽了千里的回答，更加一頭霧水了。

然而近來最讓之季摸不著頭腦的事情，並非皇帝的旨意，而是烏妃壽雪的底細。之季作夢也沒想到，壽雪的身上竟然流著欒氏的血脈。身為欒氏後人，卻膽敢居住在後宮之中，若不是膽識過人，就是有著非這麼做不可的理由。之季猜想，真相應該是後者吧。畢竟不管再怎麼大膽，如果沒有必要，沒有人會故意深入險地。問題是壽雪這麼做到底是基於什麼理由，之季完全想像不出來。

「啊，已經看得見了。這港口好大，真不愧是界島。」

千里感嘆道。從船上已可看見界島的港口，碼頭邊停靠著無數船舶。

「每一艘船看上去都好大，那應該都是往來外國的船隻吧？像這艘渡船一樣的小船，一艘也看不到。」

「那是專門給大船用的港口，因為那一帶是水深較深的大河出海口，適合吃水較深的大型船隻。像我們這種小船，必須繞到前面去，停靠在內海的港口，那裡的水深較淺。」

「噢，原來是水深的問題。」

在古代，由於還沒有建造大型船隻的技術，內海港口的繁榮程度遠勝於大港。內海是由河口的沙洲所圍繞而成，與外海之間有沙洲阻隔，所以風浪較平穩，水深也較淺，適合小型船隻停靠。雖然古今狀況不同，但共通點是往來界島的船隻非常多。

「聽說那座大港的附近一帶稱作『蕃坊』，是異國商人的居住地。你看外圍有一排土牆，對吧？那土牆之內是不能擅自進入的地區，還請小心留意。」

「我明白了。令狐兄，你真博識，幸好有你跟在身邊。」

「這些都是羊舌大人告訴我的。聽說他跟這裡的市船使有些交情，已經先寫一封信去知會他了。」

這趟旅行是突然才決定，之季及千里都花了一些時間在行前的準備上，因此書信應該會比兩人更早送達。

「原來如此……」

千里瞇起了雙眼，似乎是覺得海面反射的陽光太過刺眼。

「怎麼了嗎？」

「沒什麼，我只是突然覺得緣分真是相當奇妙的東西。」

「噢？」

「沒有人知道自己會在什麼樣的地方，接受什麼人的幫助。緣分彷彿把我們每個人緊緊扣在一起……」

——緊緊扣在一起……

之季遠眺海面，忍不住按住了自己的手腕。

妹妹的那隻手，如今應該還拉著自己的袖子吧。

「緣分只會把活著的人緊緊扣在一起嗎？」

之季忍不住喃喃問道。

千里聽了這沒來由的一句話，臉上卻沒有詫異之色，反而流露出了溫柔的眼神。

「不，死者亦然。」

兩人在港口一下船，立刻便有人上前迎接。那是個身材矮小的男人，年紀貌似已過半百，想來應該是市舶使的部屬。

「兩位是令狐兄及董兄吧？在下是市舶使馮若芳，在此恭候多時。」

之季聽他自報姓名，登時吃了一驚。沒想到市舶使會親自前來迎接。

「若是惹人厭的高官視察，在下一定會想辦法捉弄一番，但兩位是羊舌兄交代要好好關照的客人，在下可不敢亂來。」

馮若芳說完之後哈哈大笑，讓之季一時搞不清楚這句話到底幾分真、幾分假。這個人雖然表面上的態度大而化之，但一雙眼眸卻極為靈動，似乎隨時在觀察著之季與千里的言行舉止。他的舉手投足看起來敏捷機警，顯然在武藝方面頗有造詣，但談吐卻不像是個武官，不過整體散發出的氛圍又不像是吃公家飯的官差出身，之季完全摸不透這個人的底細。

「羊舌兄跟在下認識很久了，他是在下的恩人。那一帶……」若芳指向海灘的另一頭。那附近有一大片松樹林，樹林後似乎也是海灘。「從前原本是漁民們捕魚之地，後來差一點被鹽商買去當鹽田。從古至今，海岸都是『漁』、『鹽』、『港』三者的必爭之地。漁民們沒辦法捕魚，日子就過不下去。日子過不下去的漁民會做出什麼事，兩位知道嗎？」

「當海盜。」之季回答道。

若芳登時流露出了三分欽佩之色。

「沒錯，很多漁民都變成了海盜，攻擊附近往來的商船。雖然官府嚴加取締，卻是抓不勝抓。後來羊舌兄偶然來到島上經商，他出面和買下海灘的鹽商談判，讓鹽商打消了在這裡設置鹽田的念頭。海盜們拿回了海灘，又變回奉公守法的漁民。」

若芳笑著說道：

「所以只要是羊舌兄的請託，在下可從不敢拒絕。」

之季看著若芳說道：

「這麼說來……你曾經也是海盜？」

「咦？羊舌兄沒有告訴你們嗎？在下曾是海盜頭目。」

之季聽若芳大方承認，反而不知如何應對。

「恢復漁民身分後，在下常代表漁民們和官府交涉，那段期間鬧出了不少事情……消息不知為何傳進了陛下的耳裡，陛下竟任命在下為市舶使，想起來真是奇事一樁。」

若芳又是一陣哈哈大笑。那爽朗的笑聲，正符合這溫暖島嶼的氛圍。

「這麼說來，你是土生土長的界島人？」

千里一面興致盎然地環顧四周，一面問道。渡船停靠的這座港口，可看見不少貌似島民的人物，他們的身上皆穿著短身白麻衣及長褲，打扮與京師的庶民並沒有多大差別。但或許是氣候較溫暖的關係，他們的服裝都比較單薄。

「是啊，沒錯。」

「那你應該很熟悉島上流傳的古代傳說？」

若芳似乎不明白千里這麼問的用意，歪著頭說道：「唔，倒也說不上很熟。」

「我們想知道的是關於界島周邊一帶海底火山的傳說。」

「噢？」

若芳瞪著眼說道：「海底火山？」

「古代是否有海底火山噴發？如果有的話，地點在哪裡？」

「原來如此，兩位想要根據古老傳說找出界島周邊的海底火山？」

「是的。」

「你們是奉了陛下的旨意，來調查這件事？陛下為什麼會關心這種事情？」

「陛下擔心海底火山可能會再度噴發。我們最近在宮廷內發現一部古老文獻，上頭記載著古代的伊喀菲島是因火山噴發才沉入海中。後來我們蒐集相關傳說，懷疑這一帶可能也有海底火山，所以陛下派我們來調查這裡的火山是否有噴發的徵兆。」千里毫不思索地說道。

但若芳的臉上還是帶著三分納悶。

「董兄，你的身分不是冬官嗎？雖然在下對朝廷內的事情並不清楚，但是就在下所知，冬官應該是神祇官吧？」

「是的，沒有錯。基於職務性質，我經常閱讀古老文書，熟知各地傳說。所以調查古代的傳說，也是我的工作。」

「這樣啊。」若芳搔了搔脖子。「文獻、傳說什麼的，在下是不太清楚……但是關於海底火山，在下倒是略知一二。」

「噢？」千里驚訝得睜大了眼睛。

若芳伸出手指，指向剛剛他提到的那片海灘的後方。

「在那東北的方向，有一片海域聚集了大量的魚群，漁民們在那裡總是能捕到很多魚。魚群聚集的原因，就在於那一帶的海底特別淺。至於海底特別淺的原因……」

若芳說到這裡，轉頭望向千里。

「因為有海底火山？」

「沒有錯。火山造成了海底隆起，所以那帶才會特別淺。既然居民們知道那裡有海底火山，代表火山一定噴發過。但是在下從來不曾聽過海底火山噴發的傳聞，可見得那一定是很久以前的事了。因為年代太久遠，幾乎沒留下什麼傳說。」

「原來如此。」千里的視線在半空中游移，不知在思索著什麼事情。

「有一件事情，想要請市舶使幫忙。」

半晌之後，千里又將視線移回若芳的臉上。

「在這島上，應該有個自古以來司掌祭祀的家族，我想請你帶我們一往。」

「司掌祭祀的家族？」

「就是負責侍奉神明、接受神諭、管理島上祭典活動的家族。這個家族在島民的心中應該有著重要的地位。」

「你指的應該是島主吧？」

「也有可能是輔佐島主的家族。政治領袖與宗教領袖不見得相同。」

「不管是政治領袖還是宗教領袖，那必定是海商出身。界島自古以來就是由海商家族擔任領袖，而不是船主之家。當然現在的海商，從前也是漁民出身。」

若方轉頭將一名屬下叫至身邊，接著朝兩人說道：

「我讓他帶你們去吧。他叫楪，在這島上只要是關於海商的事，他可說是萬事通。許多細部的溝通及協調都是由他負責，所以他深知海商的想法，對一些水面下的內情，同樣也是瞭如指掌。」

那個名叫樑的官員是名年過花甲的老人，身形比若芳更加矮小，面貌和藹可親。他看起來並不像是個精明幹練的人，但這或許正是他的優勢。面對這麼一個純樸老人，就算是心機再重的人也可能將祕密說溜嘴。

「在這島上歷史最悠久的海商家族，應該就數序氏了。雖然這些年來序氏已經沒落了，但從前可是有錢有勢，簡直就像是界島的島主。」

樑一邊說，一邊眨著圓滾滾的小眼珠。他的聲音相當沙啞，有如喝了過量的酒。

「序氏……」千里呢喃說道：「原來如此，應該是那個序氏吧。」

「你知道？」之季問道。

「聽過。」千里點頭說道。

「不過序氏算不算是司掌祭祀的家族，我也不敢肯定……我只知道島民信仰的都是海神。」樑歪著頭說道。

「不管是不是，反正先從序氏開始下手吧。」

若芳說道。

「是啊，就這麼辦吧。樑兄，煩勞你帶路。」

若芳見千里似乎打算即刻前往，有些吃了一驚。

「你們才剛到而已，不先休息片刻嗎？」

「不了，打鐵要趁熱。」

千里向若芳鄭重道謝後，催促楪即刻動身。

「是往這個方向嗎？啊，應該是這個方向？」

港口有好幾條道路向外延伸，全部都是狹窄的坡道，有些較陡峻，有些則較平緩。每一條路都彎彎曲曲，猶如迷宮一般，沒有一條筆直的道路。路旁有著櫛比鱗次的屋舍，每一棟屋舍的外圍都有著一圈石土牆，那些石土圍牆看起來像是以石塊及泥漿堆砌而成。多半是因為島上海風強勁，必須蓋圍牆來防風吧。強風不斷颳上臉面，帶來海水的氣味。

「這事有這麼急？」

千里快步走在前頭，之季跟在後頭問道。

「不是事急，是我性子急。」

由於走的是坡道，千里一邊說一邊喘氣。

「我們慢慢走吧，序氏又不會逃走。」

之季知道千里體弱多病，勸他稍作歇息，沒想到千里毫不理會，只淡淡地說道：「你慢慢走，我先到序家等你。」

「我不是那個意思……」

——沒想到他是個這麼頑固的人。

之季無奈，只好跟在千里的身邊。之季的體格頗為高大且壯碩，身體經過鍛鍊，走在陡峭的坡道上也不怎麼喘氣。

「……你還好嗎？」

兩人抵達序家的時候，千里已是全身癱軟無力，臉上毫無血色。序家屋舍的周圍是一大片松樹林，因此之季讓千里在樹蔭處休息。千里倚靠著樹幹，向之季道歉。

「我不會在意這種小事……這個任務如果很急，你可以跟我說，我會全力配合。」

千里沉默了半晌。

「……我想要救一名少女，無論如何一定要救她。」

最後他呢喃說道。

「這不僅是前任冬官的宿願，更是為自古以來所有冬官贖罪。」

「贖罪……？」

「長久以來，冬官為了這個國家，竟讓一名少女承受折磨與痛苦。我的肩上扛著冬官的共業，烏妃娘娘則一肩承擔起了歷代烏妃的煎熬。冬官隨時應該為烏妃娘娘犧牲生命，這是理所當然之事。」

千里曾在朝議上當著群臣的面，聲稱自己願意代烏妃受死，這一點之季也曾聽到傳聞。如今聽千里說這番話的口氣，顯然他是真的有這樣的覺悟，並非只是裝腔作勢而已。

——原來如此。

之季恍然大悟。雖然還是不知道這次任務的內情，但既然千里抱著非成功不可的決心，當然不肯有半刻停留。

「烏妃娘娘如今昏迷不醒，但遲早會醒來，我們這次的任務就是預做準備。」

之季也知道壽雪此時失去了意識。她擁有不可思議的力量，似乎是因為她的身分是烏漣娘娘的巫覡，但這背後應該有著更深的隱情，只是之季一無所知。

「……詳情等你有空的時候，再告訴我吧。總而言之，你急著要查出關於海底火山的傳說，是嗎？」

千里凝視著之季，點了點頭。目前之季只要知道這一點就行了。

「我明白了，我們走吧。」

之季見千里的氣色已恢復紅潤，於是催促站在旁邊發愣的棵，走向序家的大門。

序氏的當家是個看起來相當陰沉的男人。年紀和千里差不多，臉上毫無笑容，完全不像是個商人，也看不出長年經商的春風得意與游刃有餘。宅邸裡既陰暗又潮濕，屋外雖然有好幾座倉庫，但大多都已呈半倒狀態，裡頭多半空無一物。

——櫟曾說序氏已經沒落，沒想到淒涼如此。

之季見了宅邸內的模樣，不禁有些吃驚。過去之季所認識的海商，全都是豪富大賈。

「幾位大人有何貴幹？又是上次那事嗎？」

當家說起話來氣虛聲疲，聽起來像是喃喃細語。

「上次那事？」之季反問。

「不，這次要請教的是另一件事。」千里答道。

「前陣子我們曾派人詢問過關於烏妃首飾的事。」千里轉頭向之季簡單說明道。「序氏家族曾出過一位烏妃。」

「烏妃……？」

「當家的，我們今天前來，是想詢問界島周邊海底火山的傳說。就我所知，界島有不少類似傳說，其中一則是繼母觸怒了海神，沉入海中吐著泡沫，這與你們序氏家族有關。」

「嗯……」

當家的反應非常冷淡。

「除此之外，是否有其他關於大海或海神的古老傳說？」

「不清楚……」當家歪著頭說道。他露出一臉興致索然的表情，顯得絲毫不感興趣。

「聽說你們序氏家族在界島是自古傳承下來的名門之家？」

「只是歷史長了一點而已。」當家的臉上帶著自嘲的笑容，這是他唯一流露出的表情。

「我們家族留傳下來的傳說，就只有那首飾的故事。就像那故事的結尾所說的，序氏家族這些年來家道中落，生意早就經營不下去了。我的兒子們都放棄了這個家，離開界島，到本土找工作餬口去了。界島的序氏血脈，大概到了我這一代就會斷絕，我猜這大概也是那首飾的詛咒吧。」

當家說得有氣無力，聲音宛如嘆息。

「如果是這個家遭到詛咒，你的兒子們只要離開這個家，應該就能夠獲得成功吧。」

千里說得輕描淡寫。

「唔……」當家微微睜大了眼睛。

「但是這麼一來，家廟無人祭祀，序氏家族等於是散了……」

「歷史悠久的家族，往往會被一些不好的東西糾纏上。與其拘泥於家廟香火，不如豁然捨棄，反而落得輕鬆。」

「呃……」當家聽千里說得完全不加修飾，驚訝得雙眼直瞪。

就連之季也不禁感到有些意外。身為神祇官的千里，竟然會直截了當地建議對方捨棄家廟。家廟是祭祀祖先之靈的靈廟，守護家廟對任何一個家族來說都是非常重要的事情。

「界島人同樣重視祭祀祖先？」千里問道。

當家淡淡一笑，說道：

「是啊……島上居民非常注重家族關係。像我們序氏家族這樣分散各地的例子，其實並不常見。除了祖靈之外，我們自古以來還會祭祀海神。不管是海商還是漁民，對海神的祭祀都不敢稍有疏忽。」

「既然是這麼重要的祭祀活動，必定有個長久以來負責主掌祭典的家族，那就是你們序氏家族嗎？」

「不，那原本是昭氏家族的職責。」

「昭氏……」

「昭氏一家也跟我們一樣，已經沒落好些年了。如今那家族只剩下一間破屋，裡頭住著一個老太婆。」

當家皺起了眉頭，那表情簡直就像是發現了白布上的汙點。「她沒有工作能力，平常只能靠一些招搖撞騙的占卜來維持生計。」

「噢……占卜嗎？」這番話引起了千里的興趣。

「全都是一些胡言亂語，只能用來騙騙港邊的水手及風塵女子。以前昭氏家族曾經是巫女之家，如今卻落得這般下場。」

「巫女……女性的巫覡？」

「是啊，不過昭氏家族自古以來的做法，是由男人繼承家門，再從家族之中挑選合適的少女，負責祭祀工作。在古代，被選上的少女還會被當成神靈再世一般膜拜。」

「神靈再世？」

「那是很久以前的事了。可不是我的祖父或曾祖父那個年代，而是更久遠以前。我也只是從前聽祖父提過，詳情並不清楚。聽說在我祖父小的時候，昭氏就已經不負責主掌祭祀，只是偶爾接一些零星的祝禱工作。」

當家說了一會兒話之後，口齒變得清晰得多，與剛開始的時候頗不相同。

「在這界島上，這類歷史基本上不會記錄下來，全靠口耳相傳。很多事情流傳久了，都會發生一些變遷。唯獨海商之家，會記錄一些買賣上的大事。」

「你們序氏也是一樣嗎？」

「是啊，就連祖譜其實也不太可靠。界島自古以來就與阿開交流頻繁，因此許多傳說都包含了阿開的信仰及文化……楪兄，你說是吧？」序氏當家朝著坐在房間角落的楪說道。

之季原本並不明白當家為什麼要詢問楪，直到聽了楪的回答才恍然大悟。

「是啊，與我故鄉的風俗頗為相似。」

楪慢條斯理地說道。

「……你的故鄉？這麼說來，你是……」

千里望向楪。

「我是阿開人。話雖如此，但我的故鄉其實是阿開的離島。」

千里一聽，雙眸竟閃爍起了興奮的神采。

「離島？你指的是南方海上的諸島嗎？你為什麼會從故鄉的離島來到界島？」

楪眨了眨眼睛，顯得有些尷尬。接著他望向之季，眼神流露求助之色。

「這種事並不重要，以後再談吧。總而言之，既然古代負責主掌祭祀的是昭氏家族，我們現在應該到昭家去問問。」

「噢，這麼說也對。」千里點頭同意。

「既然曾是主掌祭祀之家，應該保留了很多古老的傳說。像這樣的家族，通常必須遵守一些祭祀上的瑣碎小事。」

「不，我勸你們別抱太大的期待。」當家此時插嘴說道。「那個老太婆很有可能一問三不知。」

「是嗎？祭祀的本質是一種束縛，我猜想應該還是可以問出一些端倪。總而言之，我們去碰碰運氣吧。」

千里笑著說道。

「當家的，謝謝你了。希望你們序家接下來能夠順遂。」

雖然只是一句客套的祝福語，但從千里的口中說出來，不知為何宛如微風吹拂一般，令人身心舒暢。或許是因為他的人格特質，也或許是因為他的身分是冬官。當家微微揚起了嘴角，宅邸裡的陰鬱氛圍似乎也薄了幾分。

昭家位於俯瞰整座港口的丘陵上。建築物在從前應該是一棟富麗堂皇的宅邸，但如今受到歲月摧殘，除了破屋之外已找不到更貼切的形容詞。屋頂傾斜，牆板破損，柱子嚴重腐朽，連門板也不知去向，實在不像是能住人的地方。

楪穿過那殘破的宅邸，走向宅邸的後方。那裡有一棟木板小屋，入口處掛著一張草蓆。

「老奶奶，妳在嗎？」楪喊了一聲。

小屋內傳出慵懶的回應聲：「楪嗎？什麼事？」

「妳有客人，而且還是京師來的高官。」

之季心想，自己的職銜可配不上「高官」兩字。但之季沒有多說什麼，只是靜靜等著屋內的回應。

「從京師來的……？」

聲音帶了幾分詫異。同時一名老婦人推開草蓆，探出了頭來。那老婦人看起來就是個相當固執的人，一雙眼睛幾乎埋在皺紋裡，一頭乾癟沒有油光的白髮紮在腦後，頸子上掛著以貝殼及獸牙串成的首飾。

「肯定不是來找我占卜的吧？」

老婦人上下打量之季及千里，面露狐疑之色。驀然間，她的視線停留在之季的手腕上。

「驅除幽鬼不是我的工作，你們去找別人吧。」她說道。

之季心中一驚，按住了自己的袖子。老婦人似乎看得見袖子上那隻手。

檞將手掌舉到臉前用力搖晃。

「他們不是要占卜，也不是要驅除幽鬼，是要問妳一些從前的事。」

「從前的事？」

老婦人臉上的狐疑更深了三分。「問從前的事做什麼？」

「我們正在調查關於海底火山的傳說。」千里踏上一步說道。

老婦人抬頭仰望千里。

「海底火山……」

「是的，大約一千年前，島上是否發生過與海底火山有關的歷史事件？」

老婦人驟然瞪大了雙眼。

「看妳的反應，應該知道些什麼吧？」

千里說得氣定神閒，顯然是胸有成竹。

老婦人兩眼一翻，問道：

「你問這個做什麼？」

「為了救一名少女。」

老婦人一時瞠目結舌，說不出話來。但片刻之後，她便察覺千里說得非常認真，並非言語戲弄。她放鬆了雙眉的肌肉，臉上不再帶有敵意。

「我雖然摸不清楚你的底細，但你既然想聽，我就說給你聽。屋裡又髒又亂，如果你不介意的話，就進來坐吧。」

兩人走進屋內一瞧，果然髒得可怕，老婦人並非自謙。屋內沒有地板，泥土地面直接裸露，上頭只鋪了一張發黴泛黑的草蓆。大灶的旁邊擺著水甕及鐵鍋，此外還有幾個簍子，裡頭放著樹葉、草根、乾燥果實之類的東西。上方橫梁處垂掛著幾條繩索，上頭綁著大量的草木枝葉。各種難以言喻的藥草味竄入鼻腔，那些味道就是來自於眼前這些草木吧。

「甘草、山梔子、薄荷葉……全部都是可以入藥的草葉。這些都是妳自己摘的嗎？要摘到這麼多的藥草，應該很不容易吧？」

千里環顧室內後說道。或許是因為久病成良醫，他叫得出每一種藥草的名稱。

「不，都是向海燕子買來的。我都這把年紀了，要上山實在太吃力。」

「噢，海燕子？我還沒有親眼見過呢。」

「海燕子到了我們這界島，並不是住在海上，而是在陸地上找洞窟居住。你要見他們一點也不難。」

千里的興趣似乎相當廣泛，聊沒兩句話，又被毫不相關的事情吸引了。

「我們先談海底火山的事吧。」之季趕緊將話題拉回來。

「沒錯、沒錯，先談海底火山吧。」千里在發黴的草蓆上坐了下來，沒有絲毫遲疑。之季也走到旁邊坐下。老婦人見兩人就坐，於是也面對著兩人緩緩坐下。只見她一手扶著旁邊的大甕，顯得相當吃力，似乎是膝蓋不好。楪則依舊站在門口，一臉無事可做的表情。

「傳說我們昭氏是海神的後裔。」老婦人輕撫著脖子上的貝殼及獸牙項鍊，娓娓道出了昭氏的歷史。她閉上雙眼，宛如在回憶著往事。

「代代的昭氏皆以巫覡的身分輔佐島主，司掌祭祀典禮。當然那是很久以前的事了。界島是貿易之島，船隻往來平安是居民們心中最大的願望。因此居民們自古以來就會祭祀海神，各種趨吉避凶的舉動當然也少不了。主掌祭祀的家族會備受尊重，反過來說，不吉利的家族則會遭到排擠。序氏就是最好的例子，那家族的人將原本應該獻給神的寶玉據為己有，觸怒了海神，導致整個家族災禍不斷。自從發生了那件事之後，居民們便再也不與序氏往來。因為遭到排擠，家族當然會由盛轉衰，逐漸步上沒落之途。依我看來，序家的人早就應該離開界島，以免留在島上受罪。」

老婦人撫摸著首飾上的獸牙說道。

「你們昭家也是類似的情況？」千里問道。

「沒錯。」老婦人驀然抬頭說道。

「從前的居民認為我的祖先觸犯了神怒，因此剝奪了昭氏主掌祭祀的權力，不准我的祖先再參與祭祀活動。因為我的祖母的祖母……的祖母那一代，族人之中有一名少女和異國的海商私奔，離開了界島。那名少女原本在島上已經和另一名海商訂了婚，沒想到少女在離島之前，竟然將那未婚夫殺了。這在我們界島上可是滔天大罪，因為原本兩人的婚約，已經獲得了祖靈的恩允。那是我們島上的一種特別的儀式。」

「京師也有類似的儀式。簡單來說，就是在祖靈的面前占卜婚姻的吉凶。」

「沒錯，要獲得祖靈的恩允，其實就是透過占卜。那少女已經獲得恩允，卻沒有嫁給未婚夫，在島民的眼裡看來，那不僅是對祖靈的侮辱，更是對海神的褻瀆。少女不履行婚約，比她殺了人的罪更重。自從發生了那件事之後，我們昭氏家族就再也抬不起頭來了。在此之前，我們昭氏家族的巫女一直受到尊敬，被視為神靈再世……對了，這個部分的歷史，正與你想問的海底火山有關。」

千里將身體湊上前，一臉嚴肅地說道：「請告訴我詳情。」

「好吧，這也不是什麼值得賣關子的祕密……大約一千年前，我們昭氏家族的巫女成功平息了海底火山之怒。從此之後，島民們就開始稱我們的巫女是神靈再世。」

「海底火山之怒……這麼說來，火山曾經噴發過？」

「沒錯，外海處有一座海底火山。古代的某一天，海面忽然隆起黑色的海水，幾乎像山一樣高。緊接著從天降下石塊之雨，海水全都被煮沸了，數不清的石礫在海面上彈跳。不久後開始噴出汙水，產生濃濃的霧氣。整整有三天三夜的時間，周邊一帶都被濃霧包圍。類似這樣的噴發，斷斷續續發生了好幾次，整座島上瀰漫著古怪的氣味，海面全是紅色石塊，海水混濁不清。噴煙處的上空聚集了厚厚的雲層，島上不論白天還是黑夜都昏暗無光。後來我們昭氏的巫女向海神祈禱，成功平息了火山之怒。不管是沒辦法捕魚的漁民，還是沒辦法出船的海商，全都欣喜若狂。從此之後，昭氏的巫女就被當成了神一般膜拜，不管是供品還是捐獻，都是源源不絕地湧來……直到發生私奔事件，一切才開始走樣。」

最後一句話，老婦人說得恨恨不已。

「自從昭氏背叛了島民後，島民們立刻翻臉不認人，想盡辦法迫害昭氏家族。甚至開始有人說，根本沒有海底火山噴發這件事，一切都是捏造出來的。因為在那個時候，實際看過海底火山噴發的島民老早就死光了，變成了死無對證。如今大多數的島民都不知道海底火山噴發的事情，就連對你說出這段歷史的我自己，也不知道什麼才是真相。」

老婦人說到這裡垂下了頭，以指尖輕觸脖子上的首飾。

「不，我相信海底火山噴發是實際發生過的事情，否則島民們不會知道海底火山的位置。何況直到今天還流傳著許多相關的傳說。」

「是嗎？」老婦人抬起頭，眨了眨細小的雙眸。「既然來自京師的高官這麼說，那應該是不會錯的。」

「我算不算高官，恐怕值得商榷。」

「咦？」

「我沒有任何權力，如果妳是抱持著這方面的期待，恐怕要讓妳失望了。」

老婦人哈哈大笑。

「若是這樣，在我看來你更是一個可以信任的高官。」

千里也以笑容回應。一旁的之季不禁暗自咂嘴不已。

——看來這個人擁有一般人所沒有的稀世之才。

不管是序氏的當家，還是眼前這個老婦人，千里都能夠靠著短短幾句話令他們卸下心防。完全不使用蠻力，宛如讓雪慢慢消融的陽光。

——怪不得陛下如此信賴他。

老婦人此時忽然斂起笑容，一臉嚴肅地說道：

「有句話，我只告訴你一個人。其他人就算聽了，也絕對不會相信。」

「請說。」

「最近這陣子，海上的風浪很大，不少船隻都延後了出港的日程。那些水手們閒得發慌，有的會來向我問卜，或是買我的藥材。從生意的角度來看，這當然是求之不得的事情，但是……」

「妳知道海上風浪大的原因？」

老婦人把玩著首飾，雖然點了點頭，卻顯得沒什麼自信。

「是海神在發威。」

「海神……？」

「我好歹也算是個巫女，可以感受得到神明的喜怒……真是太可怕了。但願這不是什麼災厄的前兆。」

老婦人緊緊握著首飾，嘴裡不停唸著「好可怕」。

「這老嫗說的話，能信嗎？」

離開昭家後，之季詢問千里。這指的當然是老婦人聲稱海神發威的那一段。但千里只是凝視著半空中，並沒有答話，似乎陷入了沉思。之季只好改以楪為說話的對象。

「這陣子海上風浪很大嗎？」

「最近的確海面不太平靜。」楪一邊說，一邊輕撫著下顎的短鬚。

「我可以體會這個老奶奶想要表達的意思。我也感覺得到海神的威力，至於災厄的前兆云云，就不是我能理解的事情了。」

「你也感覺得到？難不成你也是巫女？」

這當然只是一句玩笑話，楪的臉上卻絲毫沒有笑意。

「我曾經是個持衰。」

「持衰？」

「持衰就像是海上的巫覡。」千里忽然轉頭說道。「那是阿開的一種風俗。書中有云，舟船渡海者，恆使一人，不梳頭，不去蟣蝨，衣服垢汙，不食肉，不近婦人，如喪人，名之為持衰。『衰』的意思，就是喪服。簡單來說，就是讓一個男人穿著喪服待在船上，行為舉止像個居喪之人。如果船隻航行平安，船員會給持衰一些金錢財物；但如果遭遇船難，船員會將持衰殺死。」

「咦？」之季吃了一驚。遭遇船難就會殺人？這做法未免太極端了一點。

「那是一種祈願的儀式，持衰必須像個居喪之人一樣慎行守分，祈求航行平安順利。如果航行不順利，船員就會認為是持衰行為不檢引發神怒，所以會將持衰殺死。」

「我可完全沒有做出任何不檢點的舉動。」

楪說道。

「但是船隻還是遇上了暴風雨。船員們要殺我，我只好趕緊跳進海裡。與其被他們拿刀子殺死，不如死在海裡。持衰是靠海吃飯的人，死在海裡可以說是死得其所。」

「但你沒有死？」之季說道。既然還站在自己的面前，他當然沒有死。

「沒錯，我活了下來。我被海浪推到了界島的沙灘上，島民將我救活了。我能說阿開的語言，對海商很有幫助，因此受到重用。」

此時楪忽然沉吟了起來。「對了……我想到一件事。」

「請說。」千里說道。

「在這界島上，有一片沙灘，大多數遭遇海難的人都會漂流到那裡，就連當年的我也不例外。這當然是海流造成的現象，除了人之外，還常有遇難船隻的破木板，以及居民們拋進海裡的器物等等，漂上岸的東西可說是五花八門，其中當然也不乏屍體……」

有的是從船上失足落水溺斃，有的是在釣魚時遭海浪捲走，有的是從懸崖上跳海自盡……這些人的屍體都會漂流到同一片沙灘上。

「但不知道為什麼，最近再也沒有屍體漂到那片沙灘上了。」

「單純只是沒有人死在海裡吧？」

「不，從前除了人的屍體之外，還會出現一些魚的屍體，例如怪模怪樣的深海魚，或是棲息在外海的大鯊之類……但最近就連魚的屍體也不再出現，這實在是很古怪。」

「會不會是海流改變了方向？」千里以手指抵著下巴，沉吟著說道。

楪搖頭說道：

「如果是海流改變，應該是什麼東西都不會再漂到那個沙灘上，但實際上的狀況卻是依然常有木板、器物漂上岸，唯獨不見屍體。」

「原來如此……」

千里沉吟了一會兒，轉頭對楪說道：

「我想要看一看海底火山的周邊環境，有沒有合適的地點？」

「唔……前面有座懸崖，站在懸崖上應該就看得到。」

「能請你帶路嗎？」

「當然沒問題。」檪於是轉身邁步。他聲稱從昭家所在的丘陵到懸崖並不遠，而且只有一條路。那是一條相當狹窄的道路，兩旁皆是茂盛樹林。穿過了樹林後，登時感覺到風勢變強了，同時耳中聽見了海浪聲，前方視野豁然開朗。又走一會兒，便來到由堅硬岩石形成的斷崖頂端。

「就在那附近。」檪指著外海的方向說道。

之季朝那方向望去，看不出那一帶海面與其他區域的有何不同。不僅海面顏色完全一樣，而且海浪流向看起來也並無二致。

千里似乎也有相同的感想，開口說道：「從海面上看不出來。」

「深夜接近黎明的時刻，會有大量漁船聚集，到時候就能看得很清楚了。」

「我不想打擾漁民們捕魚，能不能請你在白天的時候帶我們過去看看？」

「大人要到那海面上？」檪詫異地問道。

「沒錯。」千里點頭回應。

「帶兩位大人過去當然是沒問題，但除非是潛入海底，否則在海面上看和在這裡看沒有什麼不同。」

「或許吧，但任何事情都得試過才知道。」

「大人真是勤快之人。」

之季在後頭聽著兩人的對話，目光卻不由得被斷崖下的景象吸引。斷崖的底部是一片沙灘，可以看見好幾名孩童正在撿拾貝殼。雖然男孩較多，但也有幾個女孩子。除了孩童之外，還有一名大人。

之季心中一突，伸手按住了手腕。妹妹似乎就站在自己的背後，拉扯著自己的袖子。

——白雷！

那大人赫然是白雷。他正是害死了妹妹的罪魁禍首，與之季有著血海深仇。之季的手腕不由得微微顫抖。

「楪兄……」

之季指著沙灘問道。

「那些人是島民嗎？」

「我看看……噢，他們就是海燕子。昭奶奶不也提到了嗎？他們都住在附近的洞窟裡。

不過他們不會在同一個地方待太長的時間，過一段日子應該就會離開了。」

「他們會在這裡待多久？」

「應該會待到入春吧。」

「是嗎……」之季緊緊握住了袖子。

「大人想見他們，我可以帶路。」

「不必。」

之季的聲音冷酷而嚴厲，讓櫟嚇了一跳。

「抱歉，我的意思是不必麻煩了。」之季說道。

此時旁邊的千里忽然打了個噴嚏。

「這裡實在有點冷。」

崖頂上沒有遮蔽物，海風颳在流了汗的身上，更增添了寒意。

「兩位大人別著涼了，到宅邸休息一下吧。」

櫟流露出了關懷之色。俗話說風寒是百病之首，絕不能輕忽大意。

「宅邸指的是……？」

之季問道。

「就是若芳大人的宅邸。下人們應該都已準備妥當，兩位可在宅邸內安住。」

「謝謝，那就勞你帶路了。」

三人於是離開斷崖，走向位於港口邊的若芳宅邸。進入樹林之前，之季回頭往斷崖的方向看了一眼，但除了蔚藍的天空之外，什麼也看不見。

✿

進了宅邸之後，千里稍事歇息，便寫起了書信。

「事無大小，都應該向陛下報告。」千里說道。

但他除了寫給高峻之外，也寫了一封信給壽雪。之季不禁感到納悶，壽雪明明處於昏睡狀態，寫給她有什麼用？

「烏妃娘娘應該沒辦法讀信吧？」

「那也不見得，或許這時已經醒了。」

千里笑著回答。不知道為什麼，這句話從千里的口中說出，帶有一種莫名的說服力。

除了千里之外，之季自己也得寫信向高峻回報現況。於是之季從算袋中取出了筆硯。

若芳為兩人準備的房間既明亮又寬敞。界島上的房屋皆採挑高地板的結構，這應該是為了防止濕氣滲入。使用的建材，都是島上可以取得的杉木。屋舍的門窗都很大，通風良好。若芳的宅邸和其他的家家戶戶一樣蓋有防風用的石土圍牆，但稱不上特別奢華氣派。屋內裝潢擺設都相當樸素，看不到什麼高價的家具器物。

這應該意味著若芳並未斂財貪瀆、中飽私囊。港口整頓得相當有秩序，居民沒有暴戾之氣，整座島嶼充滿了活力。當然兩人今天才剛抵達，或許還有一些水面下的問題沒有察覺。

之季寫到這裡，驀然停下了筆。

——看見白雷的事情，也得向陛下報告才行。

白雷來到界島做什麼？希望他不會為島民帶來什麼災厄……之季想到這裡，突然回想起昭家的老婦人也說過類似的話，不由得更加憂心忡忡。

「董兄，你是否也覺得這島上有災禍之兆？」

「我並沒有看出災禍之兆的能力。」

千里淡淡地說道。

「不過大海確實發生了一些變化，必須多加注意才行。」

在千里看來，海面上的大風大浪，以及屍骸不再漂流至沙灘的現象，都是千真萬確的事實，而不是什麼抽象的徵兆。

「根據昭氏老婦人的描述，這裡的海底火山曾經在一千年前噴發。事實上伊喀菲島也是在一千年前因火山噴發而沉沒。」

「兩者都發生在一千年前？」

「令狐冗，你知道一千年前發生了什麼事情嗎？」

「這我不清楚……」之季歪著頭說道：「一千年前應該正值亂世吧？」

「沒錯。」千里點了點頭，臉上漾起微笑。他似乎很喜歡這些歷史典故。

「當時不僅是凡人的戰亂時期，同時也是神明的戰亂時期。」

「咦？」

「烏漣娘娘與鼇神在當時發生了一場大戰。因為打得太激烈，導致伊喀菲島上的火山噴發。鼇神沉入西海，烏漣娘娘的半身沉入東海。所謂的東海，指的就是這界島周邊的海域。說得更明確一點，我們推測是在那座海底火山的附近。」

之季雖然聽得瞠目結舌，但內心深處卻又感覺一切都在預期之內。或許是因為千里的身分是冬官吧。

「我們這麼推測的理由，是因為我們猜想烏漣娘娘半身落海的地點，應該會發生一些天災異變，就像伊喀菲島的火山噴發一樣。界島上流傳著好幾個古老傳說，都疑似與海底火山有關，而且我們幾乎可以肯定海底火山曾在一千年前噴發，因此半身沉沒在這一帶的可能性很高。」

「……這麼說來，你的真正目的是尋找烏漣娘娘的半身？」

「沒錯。」

「為了什麼？」

「為了救烏妃娘娘。」

——原來如此。

之季恍然大悟。雖然還不理解尋找烏漣娘娘半身與拯救壽雪有何關聯，但至少已釐清了千里的目標與動機。

「半身是否沉於這裡的海中，最終只有烏妃娘娘能夠確認。因此烏妃娘娘勢必得來到界島一趟才行。但我們不知道這一帶有著什麼樣的危險，因此不能讓娘娘貿然前來。正因為必須確保娘娘的安全，海上的異常現象著實令我放心不下。」

「換句話說，我們的當務之急，是針對這一帶海域的異常現象深入調查？」

之季說道，而千里卻是一愣，目不轉睛地看著之季。

「怎麼了嗎？」

「沒什麼……我很慶幸你的腦筋動得非常快，馬上就知道事情的輕重緩急。」

「董兄過獎了。」

之季聽到千里對自己的讚美，反而覺得有些尷尬，不由得垂下了頭。然而之季看見自己的袖子，心頭卻是一驚，因為袖口處又出現了那隻纖纖玉手。

之季忍不住將頭別向一旁，開口問道：

「……董兄，你的身分是冬官，我有一件事想要向你請教。」

「咦？」千里先是愣了下，但見之季面色凝重，旋即端正坐姿，道：「願聞其詳。」

「這件事，我從前也問過烏妃娘娘的意見……是這樣的，我妹妹的幽鬼，一直如影隨形地跟著我。事實上我跟這個妹妹並沒有血緣關係，但我們情同兄妹……有一天，她遭到了殺害。雖然下手之人都已遭處死，但整件事情的罪魁禍首卻依然逍遙法外，並沒有受到處罰。我打從心底恨著這個人，極想為妹妹報仇，但化成了幽鬼的妹妹不希望我這麼做。烏妃娘娘曾說過，我妹妹的幽鬼沒辦法前往極樂淨土，都是因為我的關係。是我的仇恨，將妹妹的幽鬼牢牢綁在這個世間……試問我是否應該放棄復仇？是否應該放下憎恨？」

之季越說越是激動，當初在斷崖上看見白雷的景象不斷閃過腦海。一方面懊惱當時應該立刻朝白雷衝過去，一方面卻又不希望繼續讓妹妹承受煎熬。

千里沉默了相當長的時間，最後才開口說道：

「首先我必須澄清，冬官不同於烏妃娘娘，我對幽鬼一無所知。一來我看不見，二來我也不知道如何對付。」

之季不禁大失所望。沒想到千里在漫長的沉默之後，竟然說出了這種話。

「好吧……」

「因此我只能根據烏妃娘娘的結論，說出我的想法。你想要將令妹送往極樂淨土，就必須放下憎恨。反過來說，如果你繼續憎恨下去，令妹就無法前往極樂淨土。乍看之下，你只能從這兩條路中選擇一條。但憎恨這種情感，根本無法靠理性控制。就算你能憑藉意志力將憎恨壓抑下來，也無法讓憎恨完全消失。」

「嗯……」

「另一方面，復仇則是一種實際的行動。要不要執行，照理來說可以由理性來決定。然而復仇畢竟是與憎恨緊緊相扣的行為，當你看見憎恨的對象站在眼前時，你的理性很可能無法發揮作用……因此我的結論是仇恨沒有該不該放下的問題，只有能不能放得下的問題。你心裡雖然想著應該放下，但你很清楚自己做不到。」

之季不由得深吸一口氣，而後緩緩吐出。千里這番話，確實說進了自己的心坎裡。重點不在於該怎麼做，而是必須正視擺在眼前的事實。

「你唯一能做的事情，就是做好心理準備。」

「做好心理準備……？」

「沒有辦法讓令妹前往極樂淨土的心理準備。你不僅沒辦法放下仇恨，而且必須持續忍受來自仇恨的煎熬。」

之季不由得按住了自己的手腕。妹妹會一直被束縛在自己的身邊？自己有辦法做好這樣的心理準備嗎？

「唯有事先做好心理準備，才能在必要的時候採取行動。」

這句話出自千里之口，有著非常大的說服力。因為他確實隨時都可以為壽雪赴湯蹈火。

之季輕輕笑了起來。

「董兄，你不阻止我復仇，反而鼓勵我這麼做？」

「我不是鼓勵你這麼做……」千里露出了寂寥的微笑。「我只是認識一個人，明知道自己的決定是錯的，卻還是貫徹了自己的意志，最後選擇自我了斷。」

之季心頭一驚，愣愣地凝視著千里。

「如果你想要貫徹你的意志，就必須先做好心理準備。」

千里說出這句話時，表情是如此靜謐而安詳。之季不禁感到慚愧，緩緩垂下了頭。

❀

讀完了千里的來信後，壽雪陷入了沉思。

——果然是在界島。

根據千年來的古老傳說，烏的半身應該就在界島附近。但是大海的異常現象，卻讓壽雪放心不下。

——海上的風浪非常大……

這代表什麼意義？

壽雪回想起了當初與烏的對話。

一千年前的大戰，烏曾因為侵入樂宮的地盤，而遭到樂宮諸神責罵。而所謂的界島，正是幽宮與樂宮的邊界之島。

「……」

壽雪沉吟了一會兒，起身打開櫥櫃，取出麻紙。

「娘娘要寫信嗎？」九九喜孜孜地準備起了墨硯。

一定要趕快通知千里才行。界島是邊界之島。

界島上的居民所信仰的海神，很有可能是樂宮的神明。海神故意在海上引起大風浪，很有可能意味著有某種東西侵入了其地盤……就像一千年前那樣。

——心裡有股不祥的預感。

千里的信中提到他打算搭船前往海底火山附近觀察狀況。壽雪如果在場的話，絕對會阻止他這麼做。

就算是加急文書，也不可能立刻送達。何況壽雪今天才收到信，但千里送出信已經是好幾天前的事了。如今千里的狀況，她亦一無所知。

「若待書信往來，為時已晚。」

壽雪拋下毛筆，起身說道：

「遣使往告高峻，吾當往界島，即刻啟程。」

之季與千里等了整整兩天，才等到海上的風浪減弱至可以搭小船出海的程度。第三天下午，風勢漸弱，浪頭比前幾天低得多，籠罩著天空的雲層也散去了。樑駕著輕舟，載著之季與千里來到了海面上。之季坐在不住搖晃的船上，眺望著大海。狂暴時的大海，與平靜時的大海，有著完全不同的面貌。

「有一股來自南方的溫暖海流，從界島的西側流往北側……也就是這一帶，在外海處與來自阿開的海流交匯。兩股海流合為一股，接著會轉為向南，剛好將界島繞一圈。」

樑一邊搖櫓一邊說道。波浪撞擊船身的聲音與樑的沙啞聲音交雜在一起，營造出了一種難以形容的恬適感。

「界島受暖流環繞，難怪即使是冬天也頗為溫暖。」

千里露出恍然大悟的表情。

「是的，沒有錯。界島能夠如此溫暖，正是拜海流所賜。海流的方向是受了風力影響，風為我們帶來了好的東西，也帶來了不好的東西。」

之季從來不曾想過氣候會與海流有關，不禁感到相當有趣。樑曾說過自己是靠海吃飯的人，果然在出了海之後變得生龍活虎，說起話來也伶俐得多。只要是與大海有關的事，他似乎無所不知。

「風皆生自幽宮及樂宮。神宮之風會在世上巡迴交匯，最終返回神宮。」

大海受風掌控，氣候也受風掌控，潮水匯流，四季交替，形成了生生相息的巨大循環。

之季朝千里瞥了一眼。千里正把玩著從沙灘上撿來的小石子。只見他面露微笑，難掩心中的欣喜之情。他之所以如此開心，是因為前天接到了來自高峻的上諭，文中提到壽雪已經甦醒。

「那是什麼石頭？」之季問道。

「浮石。」千里回答。那是一塊紅褐色的石頭，上頭有無數的細孔。千里將石頭遞過來，之季拿在手裡一掂，竟輕得不可思議。

「昭氏在描述海底火山噴發的時候，不是提過整個海面都是紅色石塊嗎？那應該就是火山噴出來的浮石，如今在沙灘上可以找到不少。」

這塊石頭證明了昭氏說的都是真實發生過的歷史事件。

「沙灘上的浮石大小不一，顏色除了紅色之外，還有白色及黑色。只要好好調查，一定還可以找到更多火山噴發的證據。」

「原來如此……哎喲！」

小船劇烈搖晃，之季趕緊抓住了船緣。原本正在搖櫓的楪忽然停下了動作。

「怎麼了？」

之季抬頭一望，只見楪雙眉緊蹙，凝視著前方。

「那是什麼……？」

「……令狐兄！快看！」

千里指著前方尖聲大喊。這是之季第一次聽到他以如此慌張的口吻說話。

之季於是朝著千里所指的海面凝神細看。那一帶的海水顏色似乎與周圍有著微妙的差異，比較偏向土黃色，看起來混濁不清……

——混濁不清的海水？

這不是最近才聽過的話嗎？說出這句話的人，正是那昭氏老嫗。

之季立即決定要楪掉頭離開這片海域。但還來不及大喊，一切已經太遲了。

不知何處傳來可怕的轟隆聲響，彷彿連體內的五臟六腑也跟著隱隱震動。下一瞬間，一道道黑色的水柱噴上了天際。那看起來不像是水，簡直像是天上的一大團烏雲。四面八方皆有類似的水柱噴出，水柱的周圍不斷有黑色的塊狀物灑落海面。驀然間，一顆黑色塊狀物落在之季的身邊，發出沉重的悶響。小船的船底竟破了一個大洞。

——石塊之雨！

之季霎時臉色大變。此時情況危急，或許跳進海裡反而比較安全。心中才剛萌生這樣的念頭，猛然間一股大浪襲來，將小船高高推起。小船瞬間翻覆，三人都跌進了海裡。之季驟然感覺到大量的海水灌入口鼻，只能拚命掙扎。眼前一片漆黑。沒想到海中竟是如此陰暗。

好痛苦。

雙手拚命亂抓，但除了海水之外什麼也摸不到。轉眼之間，之季已失去意識。

那是從來不曾見過的景色。白雷站在崖頂，驚愕地凝視著海面。遠方傳來了轟隆巨響，一道道汙水直噴上天。

——火山噴發了？

白雷霎時嚇得面無血色，朝著沙灘的方向疾奔。衣斯哈與阿俞拉並沒有搭船出海，不必太過擔憂。白雷雖然如此告訴自己，背上還是直冒冷汗。來到沙灘上一看，兩人也正眺望著海面，驚訝得合不攏嘴。白雷見兩人平安無事，這才鬆了口氣。

——鼇神到底做了什麼？

白雷知道鼇神最近一直在吃著死屍，藉由吞噬海中漂流的屍體，治癒身上的傷。因為這個緣故，最近完全沒有死屍漂到沙灘上。

這兩者難道有所關聯嗎？抑或是毫不相關的兩件事？

那它利及其他海燕子也陸續聚集在沙灘上。這片沙灘平常少有島民靠近，因此海燕子能夠在這一帶生活。如今出了大事，沙灘上依然不見半個島民的蹤跡。但恐怕此刻其他海岸或港口，早已擠滿了恐慌的島民吧。

白雷默默凝視著眼前的災禍。海底火山的噴發時弱時強，但完全沒有止歇的跡象。過了一會兒，火山噴發海域的上空逐漸凝聚了一層厚重而低垂的烏雲。一陣陣異常溫熱的風迎面拂來。這詭異的景象，讓所有人都驚訝得說不出一個字。

驀然間，白雷感受到了一陣若有似無的微風。那是其中夾帶著一絲陰寒的冷風，與來自大海的暖風截然不同。

——每次吹起這種風，總是沒有好事。

那冷風是從一片亂石堆的方向吹來的。白雷轉頭朝那亂石堆的方向望去，只見一塊岩石的後方伸出了一隻白色的手。手臂處隱約可見淡黃色的袖口，上頭印著小花紋路。那看起來似乎是年輕女子的手，但絕對不是屬於活人的手。

那隻手正對著白雷輕輕搖擺，似乎是在對白雷招手。若是平常，白雷遇到這種情況絕對不會理會。但今天不知道為什麼，白雷卻自然而然地朝那個方向走去。

白色的手接著伸出手指，指向亂石堆前方的一灘淺水處。那附近經常有自大海漂來的海藻纏繞在岩石上，或是退潮的時候有魚被困在淺水裡。白雷依循那手指所指的方向，朝淺水處望去，只見有三道人影在那淺水處隨波搖曳。

——多半是因火山噴發而落海的漁民，漂流到了這裡吧。

白雷原本抱著這樣的想法，但仔細一看三人的穿著，才發現事情並沒有那麼單純。三人之中只有一人是島民打扮，其他兩人以穿著來看似乎是官吏。而且其中一人的相貌，令白雷感覺似曾相識。到底是在哪裡見過呢……白雷細細回想。似乎是賀州吧。

那白色的手不知不覺已然消失。自後方追趕上來的衣斯哈朝淺水處瞥了一眼，吃驚地大喊：「有人！」

聽到吶喊的海燕子們全都奔了過來，他們毫不遲疑地跳入淺水處，朝著那三人靠近。海燕子中的一人大喊：「他們還有呼吸！」然而這早在白雷的意料之中。要是這三人已經斷了氣，他們的屍體應該會被鼇神吃掉，不會漂流到這個地方來。

此時一股大浪打上來，浪花幾乎高到白雷的腳邊。他這才發現腳下岩縫中卡著一樣東西。剛開始的時候，白雷只以為那是一根長條狀的船身木材碎片。然而仔細一看，才發現那東西顏色黝黑，並非木材碎片。

——那是一把黑色的長刀。

白雷將其拾起。

外海處再度傳來激烈的噴水聲。

血之鎖

賀州是塊閃爍著水光的耀眼土地。

自峻嶺崇山流入平原地帶的河川，自古以來歷經了數次氾濫。但每氾濫一次，土壤就肥沃一分。就算發生旱災，河水也不曾枯竭，因此不管是稻米還是桑樹，都可以蓬勃生長。晨向來認為若要比土壤肥沃，賀州必定是霄國之冠。

晨下了船，踏上久違的故鄉土地。放眼望去，遠方可見山巒連峰，峰頂覆蓋著皚皚白雪。平原處有著廣大的農田，山麓可見人煙稠密的聚落。從港口到山麓之間，鋪設著寬大的道路。那是從前沙那賣家族擔任領主時，調派人力鋪築而成的道路。

要鋪築一條道路，首先得挖去上層的泥土，鋪上碎石後夯實。為了防止路面泥濘，上頭還必須鋪上一層細砂。如果遇上濕地，則必須先鋪滿樹枝及樹葉，上頭再填土夯平。這麼一來，道路就能夠更加堅固，不會因為雨水或地下水而變得泥濘，地基也不會下沉。

不管是養蠶、農耕還是築路，沙那賣家族最擅長的就是改良原有技術，追求更佳的成果。每次晨走在這條道路上，都會感到相當驕傲。路上往來的行人不少，每個人看見晨都會恭恭敬敬地行禮，在百姓們心中，沙那賣直到現在依然是領主家族。

沙那賣家族的宅邸位在距離聚落有點遠的高地上。即使是從晨此時所站的位置，也能夠清楚地看見宅邸前的那座特別巨大的玄關大門。土黃色的土牆沐浴在陽光下，有如黃金一般熠熠發亮。但是晨沒有前往宅邸，而是轉進了一條岔路。

眼前是一片坡度平緩的丘陵地，幾乎全是桑田，這個季節的桑樹皆呈現樹葉落盡的光禿狀態。賀州基本上屬於較溫暖的地區，但是四季分明，所以冬季還是頗有寒意。

丘陵向遠方延伸，與港口附近的高山相連。晨走了一會兒，登上山道，前方的視野變得更加遼闊。樹木的枝幹之間，可看見一棟小巧別緻的屋舍。那屋舍的屋頂是以茅草鋪成，門窗上頭皆有著格子細小的窗櫺，門扉上還開了覘望用的小窗。屋舍的周邊環繞著一圈柴木籬笆，但上頭有數處破損，似乎都是野獸撞出來的。

屋舍內正傳出織布機的聲音。晨從小就喜歡織布機所發出的那種清脆響亮、不拖泥帶水的聲音，一時聽得入神，捨不得出聲打斷。但是過了一會兒，織布的聲音自己停了，屋舍內走出一名老婦人。

「果然是大少爺來了。」

老婦人露出了爽朗的笑容。「我聽見踩踏枯葉的腳步聲，便知道有客人來訪。而且只有大少爺會在門外等上一會兒，沒有立刻出聲呼喚。」

「妳真聰明。」

晨也面露親熱的微笑。這老婦人名叫浣紗，曾經是晨母親的乳母。母親嫁進沙那賣家的時候，將乳母也帶了過來。但母親在生下晚霞後過世，乳母也因而離開了沙那賣家，在這裡過著獨居生活。這棟屋舍是由父親下令搭建，原本的用處是要讓母親在這裡療養。晨與老婦人的感情很好，更勝於自己的乳母，甚至是母親。從以前便是如此，直到現在依然沒有改變。

「我聽說大少爺這陣子都待在京師，什麼時候回來了？」

「才剛到呢。」

「咦？這麼說來，您還沒有見到朝陽老爺？」

「等等就會去見了。」

「那可不行，您怎麼可以不先向父親請安，卻來見我這老太婆？」

浣紗雖然嘴上這麼說，卻還是讓晨進了屋內。屋子裡隔著簾帳，一進門便看見一架織布機。屋舍後頭的另一棟建築物還有蠶室，浣紗可自行養蠶取絲。她認為自己便能自足，因此平時身旁並不安排婢女。唯獨在蠶業最忙碌的時期，她會僱用一名年輕的婢女。但是僅靠一名少女及一名老婦，要照顧蠶兒還是相當辛苦。雖說養蠶是女人的工作，但在蠶兒的生長期，每天都必須以切碎的桑葉餵食蠶兒好幾次，幾乎是得日以繼夜守在蠶兒的旁邊，稱得上是重度勞動。

「我看妳別再養蠶了，實在是太辛苦了。」

沙那賣家族會負責照顧浣紗的生活，照理來說她應該是不愁吃穿才對。

「我如果不做這個，就沒有事情可以做了。」浣紗笑著說道。

「像我們這種人，不工作反而對身子有害。」

「就算是這樣，也不必……」

「何況我還想要繼續讓大少爺穿我織的絹布呢。」

浣紗起身從屋內取出一疋布，回到晨的面前。那是一疋還沒有染過的素布。

「這是我不久前才織好的，本來想要送到大宅子，今天您來了，正好讓您看一看。」

晨攤開一看，布面織得極為細緻，幾乎看不出網眼。晨忍不住讚嘆道：

「妳織布的技術依然不減當年。不，是越來越高明了。」

「您別取笑我了。」

晨這麼說絕非取笑，當然也不是客套話。浣紗從年輕的時候就是織布高手，如今上了年紀，技術反而更加純熟了。

晨的母親是名門望族出身，浣紗身為其乳母，原本也不需要做這些粗活。但是母親的家庭在她小的時候沒落了，浣紗及其他僕婢都必須外出籌錢，或是做些手工藝品賣錢來維持家計。後來母親嫁進沙那賣家族這豪門之家，理由也可想而知。

「大少爺。」浣紗的眼中帶著笑意。

「您是不是做了什麼壞事，所以不敢去見老爺？」

晨苦笑著說道：「我又不是三歲小孩。」

「哎喲，大少爺。您小時候是個相當守規矩的孩子，從來沒做過什麼壞事。頂多只是裝了一整籠的青蛙來嚇我而已。」

如今晨雖然已經成年，浣紗還是經常提起這些晨小時候做過的惡作劇，令晨感到既尷尬又莞爾。此刻浣紗的臉上雖然掛著笑容，眼神卻流露出一抹憂色。

「您遭老爺責罵了？」

「沒有。」晨垂首說道：「爹從來不罵我，這妳應該很清楚。」

晨心裡明白，父親從不責備自己，是因為父親並沒有把自己看得那麼重要。

「大少爺……」

浣紗正想要說話，外頭忽響起了踩踏枯枝的腳步聲。果然正如同浣紗所說的，只要有訪客靠近屋舍，屋裡的人馬上就會發現。只不過以往晨來找浣紗的時候，從來不曾遇上浣紗有訪客的情況。

到底是誰來了？晨正感到納悶，屋外忽傳來說話聲。
「大哥，你在這裡嗎？」
那聲音柔和卻帶了三分冰冷，正是晨相當熟悉的嗓音。
「亘……」
晨走出屋外，果然看見二弟亘站在外頭。亘的身上穿著樸素的納戶色❶長袍，臉上帶著令人費解的微笑。
「爹在等你。稍早他要差人來叫你回去，我就自告奮勇了。」
——原來爹早就知道我在這裡。
晨轉念一想，這也是理所當然的事。畢竟一路上被那麼多百姓看見，自己已經返回故鄉且先來找浣紗的消息一定會傳入父親的耳裡。
「二少爺，真是對不起，是我硬把大少爺留下來……」
浣紗急忙奔出門外，向亘道歉。

1　暗青綠色。

「不，是我自己來找她的。」晨跟著說道。

亘對兩人說的話充耳不聞，朝浣紗斥責道：「我兄長耳根子軟，但妳該知道分寸。」在所有兄弟之中，亘的外貌看起來最和善，但他的性格最像父親朝陽，嚴苛而冷峻。

浣紗一臉慚愧地垂下了頭。

「亘……」

「大哥，跟我走吧。」

亘不再理會，轉身邁開大步。

晨轉頭對浣紗說道：「抱歉，是我牽累了妳。」

「不，請不要這麼說。」

「妳剛剛好像有什麼話想告訴我？」

「不是什麼要緊的事，您快回去吧。」

浣紗露出了有氣無力的微笑。晨感到一陣心痛，但也只能丟下一句「我會再來」，便匆匆追趕上亘。

「亘，你也不必說那種話……」

「既然回來了，第一件事應該要向爹請安，然而她沒有勸大哥這麼做，大哥跟她在一起實在有害無益。」

「浣紗可是娘的乳母。」

「那又怎麼樣？大哥想見她，大可以晚一點再來。你知道百姓正在謠傳什麼嗎？你身為未來的沙那賣當家，難道希望百姓認為你跟爹感情不睦？」

「……」

每次和亘說話，都會讓晨感覺有如芒刺在背。雖然亘從來不會說話大聲或口出惡言，但每一句話都彷彿長滿了冰冷的尖刺。

「大哥，我勸你以後還是別再來這裡了。」

「為什麼？」

「你不知道嗎？浣紗經常在背後說爹的壞話。她分明是靠我們沙那賣家才得以溫飽，卻做出這種行徑，真是忘恩負義。」

「怎麼可能有這種事……」

亘淡淡一笑，說道：

「大哥，不知該說你太善良，還是不食人間煙火，才會遭到欺騙。」

晨聽到這句話，不悅地說道：

「我們從小一起生活，如果我不食人間煙火，你不也是嗎？」

「大哥，你是即將繼承家業的長男，我是次男，兩個人的立場可說是天差地遠。」

——根本沒有那回事。

現在大家私底下都說，亘可能才是未來的沙那賣當家。

「大哥，你身為繼承人，應該更加謹言慎行才對。尤其最近京師不太平靜，更是不應該輕舉妄動。」

「爹已經接到消息了？」

「那當然，你還不瞭解爹嗎？」

晨霎時感覺身上冷汗直流。心中暗自懊悔，實在不該因為不想見到父親而選擇逃避。

——陛下明明託付我回來打探爹的動向。

晨不僅接下了高峻親自下達的密令，而且還從高峻的口中得知了許多內情。例如壽雪是前朝餘孽，因此遭父親朝陽視為危險人物，父親曾經指使白雷做出危害壽雪的舉動等等。

——沒想到竟然會有這種事。

雖然父親的想法有其道理，但使用暴力的做法未免太極端了，何況對象只是一個孱弱少女。晨的腦海浮現了壽雪那蒼白的面容。

「大哥，你就是為了這件事情回來的吧……大哥？」

亘見晨毫無反應，口氣中多了三分狐疑，這才讓晨回過神來。「啊……嗯，是啊。」

「所以爹一直在等你，想要問你詳情。」

「……原來如此。」

——爹希望我回去，只是要問我這件事。

當初晨煩惱了很久，才決定違背父親的指示，逗留在京師。但這件事對父親來說，似乎只是不足掛心的小事。

「我不在的這段期間，家裡有沒有什麼變化？」

「沒什麼……啊，不過……」

「不過什麼？」

「沒什麼，這件事還是該由爹告訴你。」

「快說。」

晨再三催促，亘卻只是微笑不語。

沙那賣家的宅邸位於高地，可以遠眺賀州平野。由於正值冬季的關係，此時的田裡並沒有農作物，一眼望去全是黑褐色的泥地。養蠶的作業也結束了，婦女們在這個季節全都在家裡忙著織布，男人們則是忙著將織好的絹布運到外地賣錢。沙那賣家族的生活基本上也大同小異，不過家族內的婦女們所織的絹布大多會運往界島，以商船送往異國。擅長養蠶或織布的未婚婦女炙手可熱，求婚者絡繹不絕。

「聽說烏妃沒有遭到處刑，還獲賜使職？」

這是朝陽對晨說出的第一句話。父親向來是個惜字如金的人，生平從不說一句無謂的話。晨深知父親的性格，心中除了感慨之外，也不禁有三分佩服。自己長途跋涉才回到故鄉，父親竟然連一句慰勞之語也沒說。

但比起這個，更讓晨在意的是父親的口吻。光從父親的這句話，便可聽出他對烏妃頗不以為然。

「聽說重臣們全都反對處死烏妃。」

「雲侍中也就罷了，難道連何中書令也反對？」

「這我就不清楚了。」

晨的回答讓朝陽皺起了眉頭，那表情彷彿在說著「沒用的傢伙」。

「而且聽說眾妃嬪還寫了請願書，懇求陛下不要處死烏妃。」

朝陽聽到這句話，眉心的皺紋更深了三分，表情加倍嚴峻，晨彷彿可以看見父親額頭上的青筋。或許朝陽是想起了晚霞吧。

「……烏妃的名氣迅速傳遍了市井街坊。她獨力擊退了一大群的活屍，而且只用一根箭矢就讓直衝天際的水柱消失得無影無蹤，百姓們都對她敬畏不已。」

朝陽的犀利目光朝晨射來，晨的心裡有股想要別過頭的衝動，但強忍了下來。背上直冒冷汗，彷彿心思被看得一清二楚。

「這些是你親眼所見？」

「不……只是傳聞。」

「別輕易相信來路不明的傳聞。」

朝陽的聲音依舊如此沉重，帶著一股震懾之力。但除此之外，這句話還隱約流露出焦躁與不耐煩。這實在不符合朝陽的性格，即便當初得知晨跟亮決定留在京師的時候，也不曾以這樣的口吻說話。這或許意味著他對壽雪的厭惡已到了無可復加的程度。

「我聽說羊舌不久前接任鹽鐵使，你可知他的動向？」

「羊舌……在關於是否該處死烏妃這件事情上，他似乎沒有表達任何意見。」

朝陽聽了這句話，輕撫著下巴。「嗯，除了這麼說之外，他也沒有其他辦法了。」朝陽沉吟了半晌後呢喃道。

「陛下是否曾對北方山脈一帶的州院或使院下達任何旨意？軍隊有無動靜？」

晨心想，自己又不是皇帝近臣，怎麼可能知道這些事？但迫於無奈，也只能說道：

「沒有任何明顯的舉動。」

朝陽目不轉睛地看著晨。晨雖然感覺到背上冷汗直流，還是堅持不把視線移開。

「好吧，我明白了。」朝陽將視線移向一旁，晨才稍得喘息。但是朝陽的下一句話，又令晨大驚失色。

「待得明春，你將迎娶吉家的菟女，不得有誤。」

「……爹，你是說我嗎？」

晨整個人傻住了。朝陽瞪了晨一眼。他向來厭惡有人問他愚蠢的問題。

「吉菟女是……？」

吉家是沙那賣家的分家之一。所謂的分家，指的是在很久以前分出去的遠房家族，在立場上類似沙那賣家的家臣。

「今年十六歲，雖然織布的手腕不甚高明，但生性勤勞，常到桑田幫忙採桑。娶這樣的妻子，於你有益。」

晨回想起了過世的母親。她是名門世家的千金小姐，一輩子不曾出門工作。即使後來家道中落，僕婢們都為了籌錢而到處奔走，她還是連針線都不曾碰過。嫁進沙那賣家之後，她同樣什麼也不做，把孩子丟給乳母照顧，自己整天躲在房間裡，極少出來露臉。在晨的記憶裡，母親甚至不曾喊過自己的名字。

「她不用服喪嗎？」

晨問道。

「我記得她是吉鹿女的女兒吧？」

——吉鹿女是晚霞的侍女，因朝陽的圖謀敗露而遭到牽累，最終畏罪自殺。

朝陽的眉毛微微抖了一下。

「婚姻大事，可以等服喪結束後再談也不遲。」晨說道。

「等到服喪完，已經太遲了。」

依照禮法，子女必須為父母服喪三年。再加上婚禮也有繁瑣的流程及儀式，如果等到服完喪再嫁，實際嫁入沙那賣家已經是將近四年後的事了。

「當年吉鹿女成為晚霞的侍女時，將菟女託付給了吉家的當家照顧。在名義上，菟女已是吉家當家的女兒，就算不為吉鹿女服喪也不違禮法。」

——這太強詞奪理了。

母親就是母親，不會因為託付給別人照顧而改變。為什麼不等服喪結束後再迎娶？父親到底在急什麼？

——更何況……

吉鹿女是因父親朝陽而死，如今父親卻要自己迎娶吉鹿女的女兒，實在讓晨感覺到心情沉重。要是菟女得知母親的真正死因，應該會憎恨沙那賣家吧。

「你不願意？」

或許是因為見晨一副愁眉苦臉的表情，朝陽忽然開口問道。

「對方原本應該要服喪，這一點讓我無法釋懷。」

晨自認為這個理由合情合理，沒想到朝陽卻冷冷地說道：

「看來你已經被烏妃迷得神魂顛倒了。」

晨心中一突，結結巴巴地說道：

「什……什麼意思……」

全身的每一寸皮膚彷彿都在噴汗，舌頭有如打結了一般。

「烏妃不是你能夠駕馭的女人。」

「爹，我不知道你在說什麼。」晨勉強擠出了聲音。「怎麼突然提到烏妃？我可沒有被她迷得神魂顛倒。」

「不是烏妃，那是有其他中意的對象？」

「沒有。我並非不滿意吉菟女，只是希望等她服完喪再說。」

「不成。」

「為什麼？」

「不能讓你繼續在京師做出愚蠢的舉動。」

晨心中又是一驚。

「你以為我不知道你在京師的一舉一動？既然你也是沙那賣家族的一分子，就應該留在這塊土地上。在這裡生活，在這裡娶妻生子。」

說完這些話後，朝陽便起身離開了房間。晨不禁輕嘆一口氣，站了起來。父親從以前就是這樣。走出了房間後，晨並沒有停步，繼續朝屋外走去。這裡明明是自己長年來生活的環境，此時卻讓晨感覺呼吸困難。

宅邸的後方，是一大片的桑田。此時桑樹上的葉子早已落盡，只剩下禿枝直指藍天，顯得寂寥蕭瑟。晨回想起孩提時代，每一年總是最期待夏天的到來。因為每到初夏時分，樹上便會結出一顆顆的桑葚。晨總是會跟弟弟們爭相摘取樹上的桑葚塞進嘴裡，吃得嘴角及手指又黑又髒，因而遭浣紗責罵。長大後的晨每次走在桑田裡，都會回想起這些往事，感到胸口隱隱作痛。那耀眼的蔚藍天空，如今看來分外刺眼。

驀然間，身旁傳來踩踏落葉的聲音，吸引了晨的目光。轉頭一看，一名少女正從樹後倉皇奔出。晨正要發話，但還沒開口，那少女被樹根一絆，竟然整個人摔倒在地上。

「妳不要緊吧？」

晨走向那少女，伸出了手。少女的年紀約十五、六歲，臉上依舊帶著稚氣，似乎是最近才剛結起了髮髻。從身上的穿著打扮來看，少女的身分應該不低，並非下人等級。難道是客人嗎……？晨想到這裡，霎時恍然大悟。少女羞赧地垂下了頭，臉頰泛起紅暈。

少女在晨的攙扶下站了起來，朝晨做了一揖。她一句話也沒有說，忽然轉身奔逃，轉眼間已不見人影。

「在桑田裡幽會？看來大哥也不是省油的燈。」不遠處忽然傳來亘的聲音，令晨嚇了一大跳，只見亘從桑樹之間走了出來。晨不禁納悶，他站在那裡多久了？

「她應該就是吉菟女吧？剛剛吉家的當家來訪，原來把她也帶來了。」

「是吉家的當家叫她到這裡來的吧？」晨問道。

故意讓吉菟女來到這裡，假裝和他偶然邂逅，這種手法真讓人不舒服。

「這我可不知道……但我想她應該是看見了大哥，才跟到這裡來。」

晨心想，就算她是跟著自己來到桑田，那也一定是吉家當家的指示。那少女看起來還很稚嫩，不像是能依照自由意志採取行動。

「話說回來，這樣的少女要當沙那賣家當家的妻子，恐怕有些太內向了。」

亘說道。他果然早就知道這樁婚事了。

「她才剛經歷喪母之痛，當然會沒什麼精神。」

「大哥，你可真是善體人意。」

晨默然不語。現在的自己實在沒有心情陪亘說笑。

亘見了晨的鬱悶表情，也不再開口說話，卻也不離開，只是默默地站著。

晨感到無奈，只好主動問道：「有什麼事嗎？」

「倒也不是什麼大事……」

亘欲言又止。這實在不符合他的性格。

「到底是什麼事，快說。」晨繼續追問。

亘走到晨的身邊，低聲道：「你不覺得爹看起來有些不耐煩嗎？」

「……嗯，是啊……」

剛剛和父親說話時，晨也有這種感覺。

「我幾乎不曾看爹像那樣流露感情……不，不是幾乎，是從來不曾。」

說從來不曾似乎是有些誇大其辭了。但亘會這麼說，也不是沒有道理。不論任何一個弟弟、妹妹出生，晨都不曾見過父親流露出欣喜之情。自己出生的時候，父親的表情大概同樣沒有絲毫變化吧。

「會不會是因為我沒能提供什麼重要的內情，爹對我太過失望？」晨說道。

亘一聽，臉上露出了苦笑。晨不明白二弟為何會做出那樣的表情。

「大哥，我認為你應該對自己更有自信點。」

「什麼意思？」

「爹讓你留在京師，是因為信任你的能力。剛剛你在說那些話的時候，爹一直聽得很認真，不是嗎？」

「爹原本不讓我留在京師，是我違背了他的命令。」

「爹如果真的要把你帶回來，可說是一點也不難。他沒有這麼做，正是因為他認為讓你留在京師也無不可。」

晨一時啞口無言。與亘交談總是讓晨感到極為痛苦，因為亘的每一句話都充滿了睿智，讓晨感覺自己是個駑鈍之才。因為晨是兄長，亘說話總是顧及晨的面子，但這反而讓晨感受到沉重的負擔。亘的心裡到底怎麼想？他是不是正在嘲笑我？每一次晨的內心產生這樣的懷疑，尊嚴便磨耗一分。

「大哥，你總是想得太悲觀。事情其實沒有那麼複雜。」

晨不置可否。或許是這樣的反應讓亘感到沒趣，他轉身進屋去了。

——是我太過複雜，還是這個世間太過複雜？

晨心裡其實很清楚，是自己的心態太過憤世嫉俗，才會把每件事情都想得過於悲觀。但自己的心態，並不能由自己掌控。

站在枯幹禿枝之間，晨怔怔想得出神，任憑寒風自腳下鑽過，落葉在身旁飛舞。

❀

隔天，晨再度來到了浣紗的住處。冷風颼颼，不斷颳進領口及袖口，令晨感到身心俱寒。那高亢而尖銳的風聲有如笛音迴盪，更增添了心頭的惆悵。

「咦？大少爺！」

浣紗大喜過望，忙出來迎接。

「沒想到大少爺這麼快又來看我。」

「昨天妳好像有什麼話想說？」

「您特地過來，就為了問這件事？我真是太開心了。」

浣紗讓晨坐在火盆前。銅製的火盆裡有著燒紅的木炭，晨舉起雙手烘烤，心頭這才多了一點暖意。因寒風而凍僵的身體，逐漸暖和了起來。俗話說絹好陽熱、麻好陰冷，所以在冬天織絹的時候，必須以火盆燒炭，讓室內變得溫暖。

「大少爺，請看。」

浣紗拿出一疋染成了淡紅色的絹布。

「我請人染色，今天早上才剛拿回來。」

織布是家家戶戶各自會織，但染色通常得委託染肆處理。藍染、墨染、紅染、型染、絞染……每個染布匠人所擅長的染料及技法都不相同。

「染得很美，但這個顏色……」

「您不覺得很適合吉家的小姐嗎？」

晨瞪眼說道：「妳知道這件事？」

沒想到竟連浣紗也知道了。

「每個人都知道，只有大少爺因為待在京師的關係，知道得晚了。」

「原來如此……」

這樁婚事從頭到尾，只有自己被蒙在鼓裡。晨驀然感覺到一陣強烈的焦躁，有如皮膚遭到炙燒一般。

「吉家的小姐是位溫柔賢淑的好女孩，我認為這是一樁很好的婚事。」

浣紗這句話引起了晨的疑竇。我認為？她為什麼說「我認為」？

「有人不這麼認為嗎？」

「啊，我不是那個意思……」

「如果妳知道些什麼，我希望妳能告訴我。」

浣紗垂下了頭，臉色有些尷尬。

「吉家的小姐當然很好，但吉家畢竟是家臣之家……很多人都說，為什麼您不像朝陽老爺一樣，從外面迎娶名門世家的千金小姐回來……」

浣紗雖然說得吞吞吐吐，還是把話說完了。「畢竟婚姻講求的是門當戶對，大家都認為未來的沙那賣當家，應該與名門世家聯姻，為什麼要降格迎娶家臣的女兒……」

浣紗說到這裡，便不再言語。晨心想，為什麼要降格迎娶家臣的女兒？理由很簡單，因為自己並不是未來的沙那賣當家。

晨不知不覺皺起了眉頭。從小到大，類似的話已經聽過幾次了？這句話就像是一種詛咒，如影隨形地糾纏著自己不放……沙那賣的當家繼承人可能是次男，不是長男……

「是我不好，我不應該對您說這些……」

浣紗慌忙道歉，晨搖了搖頭。不管是好事還是壞事，浣紗都會據實以告，所以晨才會如此信任她。

「對了，妳昨天原本要對我說什麼？就是這件事嗎？」

「不……」

浣紗又是一陣尷尬，支支吾吾說不出話來。就在這時，屋外忽傳來尖銳的風嘯聲。浣紗聽見那風聲，驀然露出倉皇失措的表情。

「糟糕，我竟然忘了。」浣紗嘴裡咕噥，同時起身走進廚房，不一會兒捧了一籠柑子走出來。晨見她直接走出屋外，心中感到納悶，便自窗口向外探望。只見浣紗將柑子一顆顆投出柴木籬笆。那些柑子大多落在樹叢之中。

浣紗回來後，晨向她問：「妳在餵食野獸？」

浣紗聽了，不知為何臉色竟有些古怪。「不，是給小璇夫人。」

「咦？」

「她看起來很餓，我如果不給她一些食物，她就會啃咬柴木籬笆。大少爺，您應該也注意到了，外頭的柴木籬笆有不少地方都被咬壞了……昨天我要對您說的就是這件事。」

「妳……妳到底在說什麼？」

晨霎時感覺腦袋亂成了一團。浣紗的口吻，只像是在閒話家常，但說出口的話卻完全超乎常理。

「小璇……不是我娘的名字嗎？」

沒錯，小璇正是晨已故母親的乳名。浣紗是她的乳母，隨著她來到沙那賣家之後，還是經常以乳名稱呼她。

「是啊……」

浣紗露出了無奈的笑容。

「說出來或許大少爺不相信，小璇夫人最近經常在這附近徘徊……或許是因為小璇夫人是在這裡過世，所以會回到這裡吧……」

「妳是說最近出現了我娘的幽鬼？」

「是啊，我也很驚訝。」

浣紗以手抵著臉頰。

「我是第一次遇上這種事，所以那是不是幽鬼，我也不敢肯定……就在某一天晚上，我看見小璇夫人站在柴木籬笆外。從她身上的刺繡，我可以肯定她穿的就是當年下葬時所穿的服裝。因為那些刺繡是我親手一針一線繡出來的，我絕對不會看錯。當時小璇夫人什麼話也沒有說，臉色看起來很憔悴，眼睛也空洞無神。我猜想可能是肚子餓了吧，所以給了她一些水煮栗子，她一下子就吃得乾乾淨淨……」

浣紗滔滔不絕地說了起來，越說越是興奮。

「從那天之後，小璇夫人就經常會出現在屋外。最近我給她的大多是柿乾或柑子……通常我屋裡會隨時準備這些食物，但有時忘了準備，她會發脾氣，啃咬屋外的柴木籬笆。」

晨聽到這裡，感覺一股涼意竄上了背脊。浣紗卻是說得興高采烈，彷彿在訴說一件天經地義的事情。

晨這輩子從來不曾聽過幽鬼會吃栗子或柿乾。

——難道是把猿猴之類的野獸誤認是幽鬼了？

晨本來想要提出這樣的質疑，但終究還是沒有說出這句話。照理來說，浣紗絕對不會認錯晨的母親。倘若當真認錯，那必定是因為太過思念的關係。

浣紗是晨母親的乳母，對母親極為關愛。當年母親過世的時候，浣紗難過得每天以淚洗面。或許正是這份思念，讓浣紗自認為看見了她的幽鬼。

——但已過了這麼多年，為何直到現在才看見？

「幽鬼是從什麼時候開始出現？」

「就是大少爺待在京師的這陣子。」

浣紗一個人在這裡過著獨居生活，除了晨之外，幾乎不會有人來拜訪她。或許是因為晨去了京師，浣紗心裡寂寞，所以才看見了幻覺吧。

——總不可能真的出現了娘的幽鬼吧？

母親的幽鬼不僅沒有前往極樂淨土，而且還餓著肚子在山中徘徊，貪婪地吃著他人施捨的食物？晨實在不願意想像那個畫面。

「小璇夫人肚子餓的時候總是會哭泣……您聽，那就是她的哭聲。」

屋外傳來了寒風吹襲的颼颼聲。那只是單純的風聲吧？晨如此想著，卻無法說出口。

——那到底是怎麼一回事？

晨走在回家的路上，不停思考著這個問題。晨完全沒有料到，浣紗竟然會對自己說出那種話。這件事情絕對不能找父親商量。不過或許可以提醒家宰❷多多關心浣紗……晨一邊這麼想著，一邊走向宅邸，正要跨進門內的時候，手腕忽然被人拉住了。

「大哥！」

轉頭一看，竟然是亘。晨還沒有詢問究竟，亘已轉身，拉著晨往小徑走去。晨心想，他多半是有什麼祕密，想要在山路上偷偷告訴自己吧。既然是這樣，不如趁著這個機會，把浣紗的事情告訴亘。

「浣紗好像不太對勁。」晨說道。

亘停下腳步，轉過了頭來。只見他皺起了眉頭問：「浣紗怎麼了？」

她說看見了娘的幽鬼……晨把浣紗的話一五一十說了出來。亘聽完之後，臉色更加嚴峻了。那表情與父親可說是如出一轍。

「大哥，你別聽那女人胡謅。」亘不屑地說道。

晨見他說得恨恨不已，心中不由得大為納悶。浣紗是母親的乳母，為什麼亘竟會對她如此厭惡？

「那女人最愛胡說八道，她說的話絕不能信。」

「你怎麼說這種話？」晨不禁動了怒氣。亘這句話未免說得太過分了。

「大哥，你太相信那個女人了。你不知道她做了多麼惡毒的事情。」

晨原本想要嗤之以鼻，但見了亘的表情，不由得傻住了。亘的態度竟不帶半點的譏笑或嘲諷。平常的亘不管遇上任何事，總是表現出一副游刃有餘的神情，但如今他的臉色竟異常凝重，彷彿帶著必死的決心。

「你倒是說說看，浣紗做了什麼惡毒的事？」

「大哥，你也知道娘出身於家道中落的名門世家。浣紗一直不贊成娘嫁到我們沙那賣家來。在浣紗的眼裡，我們沙那賣家不過是有幾個臭錢的鄉下豪族，並沒有資格將娘迎進門。打從當年娘還活著的時候，那女人就在背後說了許多壞話。」

2 負責打理家中事務的管家。

「不可能，絕對不會有這種事……」晨喃喃說道。亘露出了一臉沉痛的表情。

「大哥，你知道嗎……？正是浣紗在外頭放出風聲，說什麼繼承當家地位的不是你，而是我……這是我親眼所見，絕對不是一場誤會。」

晨聽到這句話，一時有如晴天霹靂。

「胡說！亘，你為什麼要這樣誣賴她……」

「為什麼？大哥，你為什麼不相信我？」

「因為……浣紗沒有理由做這種事。」

亘一時語塞，愣了一下後說道：

「大概是因為……她不滿娘嫁進了我們沙那賣家。」

「就算是這樣，她故意擾亂我們沙那賣家，對她有什麼好處？」

「或許真的沒什麼好處吧，她大概只是想把沙那賣家搞得一團亂。」

「這理由未免太愚蠢了。」

亘皺起眉頭，雙目中流露出無盡的悲傷。

「大哥，你寧願相信那個女人，卻不願相信血濃於水的親弟弟？」

亘的語氣隱含著極強烈的感情。晨霎時感覺腦袋一片空白。過去晨從來不曾聽亘說出這樣的話、露出這樣的表情，或是使用這樣的口氣。難道他說的都是真的嗎？但晨實在不相信浣紗會是那樣的人。

——到底該相信哪一邊？

晨感覺到喉嚨乾渴不已，忍不住吞了口唾沫，開口問道：

「你為什麼……突然把這些事告訴我……？」

亘微微一笑，說道：

「爹命令我前往北方山脈。」

「北方山脈……？」

「大哥，你應該猜得出來爹要我做什麼吧？我必須把爹的話傳達給北方山脈的部族……不管爹的圖謀會不會成功，我可能都無法回來。」

晨倒抽了一口涼氣。

「光從這件事，就可以看出爹的想法。如果我是爹的繼承人，爹絕對不會要我做這件事。到頭來，次男也只是一顆隨時可以犧牲的棋子。這次爹的圖謀，我一點也不贊成，但我沒有辦法違抗爹的命令。」

亘踏上一步，揪住了晨的手腕。「大哥，我把你帶到這裡來，是因為有一句話，我非告訴你不可……那就是爹很可能會失敗。」

「失敗？」

「爹的圖謀多半不會成功。不知道為什麼，爹這次做出了錯誤的判斷。大哥，你聽好了，我建議你暫時找個地方躲起來，或是盡可能遠離沙那賣家族。既然陛下信任你，你一定要好好維持這個關係，千萬不要跟陛下斷了往來……再過不久，沙那賣將會遭滅族。」

亘雖然壓低了聲音說話，對晨來說卻有如轟然巨響。

——沙那賣將會遭滅族。

「大哥，拜託你相信我這一次。」

亘緊緊握住了晨的手腕。晨感受到自亘的掌心傳來的熱氣，不由自主地點了點頭。

❀

亘離去之後，晨並沒有走向沙那賣家的宅邸，而是回到了浣紗的住處。這件事無論如何得向她問個清楚才行。

「咦……大少爺，您怎麼又來了？」

此時太陽已經下山，浣紗見晨去而復返，露出了詫異的神情。

「我想問妳幾句話。」

晨有氣無力地說道。雖然晨的態度明顯與平時不同，浣紗卻似乎絲毫不在意，忙將晨請進屋子裡。

「大少爺，您想問什麼？」

「……妳說出現我娘的幽鬼，是真有其事，還是蓄意欺騙。」

浣紗微微睜大了眼睛。「當然是真有其事。」

她錯愕地說道。

「大少爺，您不相信我？」

「聽說妳經常在背後說我爹的壞話，是真的嗎？」

浣紗整個人僵住了。

「是妳在外頭到處謠傳當家的繼承人是亘，而不是我？」

浣紗的表情似乎出現了一點變化。晨彷彿看見了浣紗的感情一點一滴從她那僵硬的臉上流失。最後那張臉就像是一張白紙，雖然有著五官，卻看不出任何表情。

又過了一會兒，浣紗笑了起來。不，那只是五官的排列形狀像笑容，卻不是真正的笑容。「大少爺，這可不能說是我的錯。」

她的雙眸蘊含著難以捉摸的陰鬱神采。

「就算我不說，別人也會說。不負責任的謠言，是百姓最喜歡的東西。」

晨霎時感覺天旋地轉，雙腿痠軟無力。

——亘說的是真的，他並沒有騙我。

「為什麼……為什麼妳要這麼做……？」

晨的聲音微微顫動。浣紗沉默不語，過了好一會兒才說道：

「大少爺，您問我為什麼？我想要讓小璇夫人的公子成為沙那賣當家，不是理所當然的事情嗎？」

「……什麼？」

晨傻住了，不明白浣紗這麼說是什麼意思。

「我不也是娘的孩子嗎……？」

晨才剛說出這句話，心頭驀然一驚，全身的血液彷彿瞬間流失。難道……難道……

「小璇夫人生前對您沒有絲毫的關愛，每次看見您都是一副嫌您礙手礙腳的態度，您竟然完全沒有察覺？」

事實上並非只有晨而已。晨的母親對所有孩子都不曾付出一絲一毫的關愛。不管是晨、亘、亮，還是晚霞，母親看著他們任何一個的眼神，都像是看著穢物一般。

「小璇夫人真是可憐，她在嫁進來的那一天，才知道朝陽老爺已經有了一個孩子。」

「妳的意思是說，我是小妾的孩子？我可從來沒有聽過……」

「不，您不是小妾的孩子。小妾生子是稀鬆平常的事情，根本沒必要隱瞞。但是這孩子卻被當成了天大的祕密，只有寥寥數人知道。小璇夫人嫁入沙那賣家的十個月之後，這個孩子被偽裝成由小璇夫人生出，才終於有了身分。但是他們還是不能公開，因為這孩子當時早已不是剛出生的嬰兒。他們只好以身體虛弱為理由，把孩子關在房間裡照顧。大少爺，這孩子就是您呀。」

晨默默地聽著，心中早已不再相信浣紗的話。

「您認為我在說謊？那也沒關係，就算您不相信，我還是會說下去。您猜為什麼您的身世是祕密？您是朝陽老爺的兒子，這是千真萬確的事情。既然如此，理由只會有一種可能，那就是您的母親是個不能被外人知道的人物。大少爺，您猜那個人會是誰？」

「……我不知道。」

浣紗的雙眸閃爍著戲謔而惡毒的神采，彷彿正在享受著這一刻。這是晨這輩子第一次看見浣紗露出那樣的表情。在短短的一天之內，晨從亘及浣紗的口中聽見了太多驚人祕密。晨已不知該如何面對眼前的現實，甚至有種一切都與自己無關的錯覺。

「知道真相的人，全都三緘其口，連我也是費了好一番功夫才查出來。但是得知了真相之後，我馬上就明白為什麼他們要隱瞞這件事。那種骯髒汙穢、罪孽深重的關係，任誰也不敢公諸於世。」

晨感覺到脖子上滿是不舒服的汗水，體內卻流竄著一股莫名的寒意。那都是假的！千萬不要相信！身體的每一寸皮膚彷彿都在如此吶喊著。

「大少爺，您知道『杳夫人』嗎？她是朝陽老爺的妹妹，沙那賣家族的么女。」

浣紗舔了舔嘴唇。那動作宛如在青蛙的面前吐出舌頭的蛇，令人不寒而慄。

「朝陽老爺與杳夫人雖然是親兄妹，卻產生了情愫。杳夫人在產子後不久就過世了，而那個孩子就是您啊，大少爺。」

浣紗的臉上洋溢著志得意滿的神情。然而此刻晨的心靈早已凍結，什麼也感覺不到，只是對浣紗投以冰冷的視線。

「我真不敢相信，妳竟然會編出這麼愚蠢的故事。」

「大少爺，您不相信？」

「妳認為我會相信？」

浣紗登時五官扭曲。這個女人只是想要傷害我而已。晨如此告訴自己。藉由這種方式，晨將浣紗所說的每一句話排拒在腦海之外。

反正那絕不會是事實。不應該是事實，不能夠是事實。

「夠了，我要走了。以後我不會再來了。」晨起身走向門口。

「我要把這個祕密告訴所有人！」浣紗急得大喊。

「兄妹通姦生下的骯髒孩子，絕不能成為當家！繼承當家地位的人，一定要是小璇夫人的公子才行！不然的話，小璇夫人實在是太可憐了！」

晨毫不理會，繼續朝門口邁步，浣紗竟追趕了上來。

「您一直留在京師沒回來，我還以為當家應該是篤定由亘少爺繼承了……沒想到朝陽老爺竟然下令讓您迎娶家臣的女兒，以您為正式的繼承人……」

晨愣了一下，不由得停下腳步，轉頭問道：

「我爹說了那樣的話？」

「您沒聽說嗎？我說的都是真的！天底下竟然有這麼不公平的事，怪不得小璇夫人會冤魂不散……」

——原來如此。

這就是浣紗聲稱出現母親幽鬼的動機。但難以確定她只是隨口胡謅，還是真的看見了母親的幻影。

晨嘆了一口氣。

「我什麼也沒看見。」

低聲說完這句話後，晨拉開了門板。那門板敞開時，發出了吱嘎聲響。就在這個瞬間，晨隱約看見門外站著一道人影。晨心中狐疑，再度停下腳步。但是晨還沒有看清楚那人影是誰，已感覺到一陣風從身旁穿越而過。

下一個瞬間，背後傳來了可怕的聲響。那聽起來像是某種令人毛骨悚然的鳥鳴聲。過了半晌之後，晨才驚覺那背後的聲音來自浣紗，而從眼前消失的人影赫然是自己的父親朝陽。

但是一切都已經遲了，當晨回頭時，看見的是癱倒在地上的浣紗，以及正將長刀從她的胸口抽出的朝陽。

拔出了長刀後，朝陽又將刀尖插入浣紗的咽喉。浣紗的四肢疲軟無力地向四方延伸，胸口染紅了一大片。方才在晨打開門的剎那，長刀便射入屋內，瞬息間貫穿了她的胸口。

「啊……」

晨的嘴唇不住顫抖，發不出聲音。明明身體僵立不動，呼吸卻越來越粗重。

「……一時的婦人之仁，竟讓妳活到今日。」

父親的低沉聲音在屋中迴盪。那聲音有如寒冰，又夾帶了三分輕蔑。

「我早就知道妳一直在外頭散播荒唐可笑的謠言，只是這些年來我不想跟妳一般見識，如今回想起來實在是做錯了。當年在妳的主人斷氣時，我就應該把妳處理掉。」

所謂的「主人」，指的應該就是母親吧。

父親將長刀從浣紗的咽喉抽出，轉身面對晨。大量的鮮血自浣紗的喉頭狂噴而出。她的身體不斷抽搐，就算還沒有死透，也已經救不活了。

當晨看見父親的眼神，霎時便明白，浣紗所說的都是真話。

晨的身體打起了哆嗦。

「爹……那都是騙人的吧？」

聲音微微顫抖。那一定是假的，絕不能是事實。

父親再度轉身，走向屋內深處。只見他捧起火盆，將裡頭的炭灰及燒紅的木炭撒在地板上。大量火苗飄向簾帳，轉眼間已開始熊熊燃燒。

「你為何認定那不是真的？」父親看著火光呢喃著。

「杳是我唯一愛過的人。過去是如此，今後也不會改變。若不是沙那賣家的詛咒，杳此刻應該還活著吧。」

沙那賣家的詛咒……么女會在十五歲的時候死於非命。這個詛咒長久以來讓沙那賣家族受盡煎熬。為了迴避這個詛咒，每一代的當家都必須領養一個年紀比么女更小的養女，讓她代替么女死去。

「當時沒有領養替死的養女……？」

「有，但杳得知詛咒之事，是在養女死去之後。她傷心欲絕，最後竟自責而死。」

父親轉頭面對晨，接著說道：「當然是在生下你之後。」

堆積在棚架上的大量布疋全陷入了火海之中，熊熊的火舌沿著牆壁向上竄升。就連浣紗的屍首，也已遭火焰吞噬，可怕的氣味令晨不住劇烈咳嗽。

火勢已然一發不可收拾，屋內布滿了濃煙。

朝陽不疾不徐地轉過身，拉住晨的手腕，將晨拖出了門外。皮膚接觸夜晚的冰冷空氣，晨的心情才稍微恢復平靜。轉頭一看，一縷縷黑煙正自茅草屋頂的縫隙噴出，窗戶也正竄出懾人的火光。

晨愣愣地看著猛烈燃燒的屋子，心中雖有無數疑問，卻不敢對站在身後的父親問出。

——杳自責而死，難道不是因為懷了身孕的關係？

——杳真正難以承受的，難道不是生下了不該出生在這世上的禁忌之子？

「你是我跟杳的唯一孩子。當年你出生的時候，你可知道我有多麼高興？除了你之外，任何人都沒有資格繼承我的地位。現在你知道了這件事，以後應該不會再胡思亂想了。」

父親的話自背後響起。晨雙腿一軟，整個人伏倒在地上。

過去的晨，不知多麼渴望從父親口中聽見這句話。這麼多年來，晨一方面懷抱著這個夢想，一方面卻又認為父親絕對不可能對自己說出這種話。沒想到……

——為什麼偏偏是在這樣的狀況下？

晨的雙手指甲插入了地面的土中。腳下所踩的一切，彷彿正在土崩瓦解。自己過去的人生、過去的信念都失去了意義。未來自己到底該相信什麼？該如何說服自己繼續活下去？

晨發出了猶如野獸般的慟哭之聲。

❀

天還未亮，屋子已燒得一乾二淨。濃濃的白煙在黑暗中竄向天際，眼前只隱約可見化成了焦炭的斷垣殘壁。父親已不知去向。明明發生了火災，不知道為什麼，竟然沒有一個人靠近這周圍一帶。

晨一臉茫然地站著，耳中聽見了寒風的呼嘯聲，卻沒有感覺到有風拂過身邊。附近的樹叢微微搖曳，樹叢中似乎有一對眼珠正在看著自己，那眼珠在黑暗中熠熠發光。晨吃了一驚，但那對眼珠的主人立刻逃竄得不知蹤影。那是什麼？是猿猴嗎？還是其他種類的野獸？抑或是……

晨踉踉蹌蹌地邁開了步伐，以虛浮的腳步走下山坡，沿著道路前進。山巒的稜線逐漸泛出白光，路上卻不見半個行人。這是一條寬敞的道路，由沙那賣家族下令鋪築的道路。曾經令晨感到無比自豪，如今晨的心中卻充滿了煎熬，有如走在荊棘之上。

每走一步，便遠離沙那賣家的宅邸一分。晨的目的地是港口。為了向皇帝覆命，無論如何必須返回京師才行。

——此生不會再踏上這塊土地了。

父親或許認為晨一定會回來。他認為無論晨去了多少地方，最後必定會回到這裡。因為晨是未來的沙那賣當家。

——我絕對不會再回來了。

晨凝視著受晨曦照耀的海面，靜靜地等候船隻出港。

✿

船離開了賀州，在三天後抵達了阜州。接下來必須沿著河川逆流而上，再經過水路❸，才能夠抵達京師。

下了船之後，晨察覺港內吵吵鬧鬧，似乎不太對勁。他心中微感納悶，轉頭望向海面，才發現外海處有著詭異的景象。在船隻入港前，船上的乘客們多半就已開始吵鬧不休，但因自己在船上一直昏睡，所以絲毫沒有察覺。

海面上不斷冒著濃濃的煙霧。那煙霧非常巨大，宛如一大團的雲朵。

「一定是噴發了。」附近有人如此說道。

「海底火山噴發了。」那濃煙時大時小，但源源不絕，已持續冒出不知多少日子。有人

3 運河。

說是三天，也有人說是五天，各種來歷不明的消息陸續傳入晨的耳中。

仔細查看海面，晨發現對岸的界島附近出現了一片紅色的沙灘。不僅如此，火山噴發的位置還出現了一座黑色的小島。

附近有一個人正在向周圍的圍觀者解釋，那是因為從火山噴出的岩漿，在凝固後形成了陸地。根據那人的說法，那些陸地會持續向外擴張。站在港口處觀看火山噴發的群眾，臉上都帶著一抹不安。聽說此刻已有不少火山噴發所造成的白灰，灑落在港口附近一帶。晨一看腳底下，確實是白茫茫一片。要是陸地繼續擴張下去，最後岩漿可能會流入港口，屆時該如何是好？光是想像那景色，便讓人頭皮發麻。

——陛下知道這件事嗎？

多半早已接到了消息吧。晨轉頭望向身旁，發現有不少貌似官吏的人物，正像沒頭蒼蠅一樣東奔西跑。除此之外還可看見一些士兵，應該是軍府的府兵吧。

聽說航向界島的渡船已經停駛。至於前往京師的船，則雖然正常出航，但每一艘船上都擠滿了想要趕緊逃離此地的居民。就連進入內陸的港口，也已被逃難的人潮擠得水洩不通。

——現在該如何是好？

晨正一籌莫展，背後忽然傳來熟悉的聲音。

「……汝非沙那賣長子乎？」

那嬌弱中帶著剛強的聲音，讓晨驚愕地轉過了頭。果不其然，說話的人正是壽雪。

——她怎麼會在這裡？

壽雪的身上穿著男人的長袍，頭上的黑髮簡單地在腦後紮成一束。她的身旁站著兩名容貌俊美秀氣的年輕人，兩人的身上同樣穿著長袍。除此之外，還有好幾名護衛武官。

晨差點喊出「烏妃娘娘」，幸好還沒有說出口就已察覺不妙，話到嘴邊又吞了回去。此時如果下跪，必定引人側目，因此晨走到壽雪的身邊，行了一揖。

壽雪仔細打量晨的臉，最後說了一句：「何以面如槁木？」

晨伸手摸了摸自己的臉頰。此時自己的氣色一定相當差吧。壽雪伸出手指，優雅地指向市鎮的方向。

「眼下局勢混亂，吾欲渡界島亦不可得。皐州刺史邀吾往其寓所飲茶，何如？」

言下之意，似乎是邀晨也一同前往。

「舟車勞頓，飲茶可解。」

壽雪什麼也沒多問，翩然轉身邁步。晨看著她那嬌小的背影，胸中驀然竄起一股熱流，幾乎忍不住想要跪下磕頭，懇求少女的憐憫。

眼前的景色逐漸扭曲，晨趕緊抬頭上仰，不讓眼淚滑落。

羊舌慈惠搭乘載滿了鹽的船逆流而上。遠方的山巒連峰完全受白雪覆蓋，就連河川的上游也已凍結，因此船隻只能航行到中途，再往上只能棄舟乘馬。

船隻在位於山腳處的落州村落靠岸小歇。沿路上每次靠岸歇息，慈惠都會仔細觀察整座城鎮或村落的狀況，同時蒐集北方山脈的消息。雖然這會拖慢船隻前進的速度，但是消息的掌握是重中之重，絕對不能輕忽。北方山脈的部族若有不臣之心，必定牽連甚廣，不可能草草起事。

慈惠從一眾隨從之中，挑選了兩名隨自己前往村落市集。船上的任何一名隨從，皆是虎背熊腰的壯漢。不過慈惠並沒有為了這次的遠行而特地挑選隨從。慈惠的隨從向來有著過人的膂力，這是因為裝滿了鹽的俵袋❹比裝滿穀物的更加沉重，一般人根本扛不起來。

然而若要比身體的強韌，這種深山村落的居民也不遑多讓。要在山裡生活，是一件相當不容易的事情。由於能夠用來耕種的土地不多，大多數的居民要維持生計，只能砍伐樹木，製作成柴薪或木炭賣錢。而且每到冬季，通常都會因大雪封山而無法上山砍柴。雖然還可以狩獵及飼養家畜，但是相較之下，還是在平地耕種農作物的生活要輕鬆得多。然而任何一個在山中長大的人，都沒有意願搬遷到平地生活，或許這就是山民的本性吧。

慈惠在市集裡採買必要物資時，遇上了一名貌似商人的年輕人，正在靴肆內與老闆交談。慈惠聆聽兩人的對話，似乎是年輕人的鞋子因為走在雪水泥濘的道路上而濕透了，不知如何是好，只好求助於鞋肆老闆。

慈惠低頭一瞧，年輕人腳下的鞋子竟是錦鞋，且年輕人及其身後的隨從，所著服裝都是上等的絹絲質料。可見得他雖然身分不低，卻不熟悉雪國環境。鞋肆老闆見來了上等肥羊，口沫橫飛地要他購買昂貴的長靴。

慈惠明知事不關己，還是忍不住說道：

「年輕人，你聽我一聲勸，還是買那邊的靴子吧。」

慈惠指向擺在店門口的一排鞫靴。那些鞫靴皆是以氂牛的毛皮製成。年輕人吃驚地轉過

4 分裝穀物或其他物資的大袋子。

頭來。慈惠仔細打量那年輕人的外貌，精悍中帶著幾分柔和，而且態度謙讓。

「氂牛的毛皮穿在腳上非常暖和。現在這個季節，防寒是最大重點，裝飾及刺繡都沒有意義。」慈惠所指的那些靴子，皆是靿❺及膝下的長靴。靴尖上翻的設計，能避免雪水滲入靴內。且氂牛的皮毛相當厚實，除了能夠防水之外，還具有最佳的保溫效果。氂牛是一種長毛的牛，在雪山是相當常見的家畜。

「羊舌老爺，我這可虧大了。」鞋肆老闆苦著臉說道。

慈惠與他是舊識。從他的立場來看，等於是煮熟的鴨子就這麼飛了。

「做生意要講誠信，別太欺侮外地人。」

年輕人看了看慈惠，又看了看鞋肆老闆，露出一頭霧水的表情。

慈惠問道：「年輕人，你要去哪裡？」

「北方山脈……」

「你就穿這樣上山？」慈惠錯愕地問道。

年輕人狐疑地回答：「我們在布裡塞了好幾層棉花，這樣還不夠嗎？」

「你要是這樣上山，肯定會凍死。北方山脈與一般的山可不能相提並論。」

「在我的家鄉，冬天山頂也會積雪，我以為雪山都是大同小異。」

慈惠搖頭說道：

「你需要封住了網眼的毛織大衣、小羊皮裘，以及能夠覆蓋雙耳的貂帽。」

年輕人專心傾聽，直到慈惠說完後，他退了一步，恭恭敬敬地行了一揖，說道：

「晚輩初來乍到，對此地一無所知。前輩的一席話，令晚輩茅塞頓開。晚輩有個不情之請，望能與前輩同行上山，懇求前輩務必應允。」

慈惠心想，自己雖然基於善意，給了一點建議，但可沒有空閒時間帶著這年輕人到處跑。本來想要拒絕，但年輕人接下來的一句話，卻讓慈惠改變了心意。

「失禮了，晚輩竟忘了通姓名。羊舌當家，晚輩名亘，乃是賀州豪族沙那賣家的次子。」亘露出了沉穩但幾乎不帶感情的淡泊微笑。

（完）

5 靴筒。

國家圖書館出版品預行編目資料

後宮之烏 6：一界之隔 / 白川紺子作；李彥樺譯
. -- 初版 . -- 臺北市：三采文化股份有限公司，
2023.03-　冊；　公分 . --（iREAD；161）

ISBN 978-626-358-007-7（第 6 冊：平裝）
861.57　　111021451

suncolor 三采文化集團

iREAD 161

後宮之烏 6：一界之隔

作者｜白川紺子　繪者｜香魚子　譯者｜李彥樺
編輯二部 總編輯｜鄭微宣　主編｜李媁婷　責任編輯｜藍匀廷　校對｜黃薇霓
美術主編｜藍秀婷　封面設計｜李蕙雲　內頁排版｜魏子琪　版權協理｜劉契妙

發行人｜張輝明　總編輯長｜曾雅青　發行所｜三采文化股份有限公司
地址｜台北市內湖區瑞光路 513 巷 33 號 8 樓
傳訊｜TEL:8797-1234　FAX:8797-1688　網址｜www.suncolor.com.tw
郵政劃撥｜帳號：14319060　戶名：三采文化股份有限公司
本版發行｜2023 年 3 月 10 日　定價｜NT$380

suncolor